作品集

木漏れ日

―ちっちゃこい言の葉人生

工藤　威

視点社

工藤　威作品集　木漏れ日

―ちっちゃこい言の葉人生

木漏れ日　目次

Ⅰ　掌篇小説

Ⅱ　エッセイ

Ⅲ

Ⅰ　掌篇小説

いちにち

リモコンでテレビ画像のスイッチを切った。

いったいどういうことなのだ、この新天皇の即位への尋常ではない、各社が一斉に報道する祝賀ムードといったらいいのか、世論誘導といったらいいのか……どのチャンネルに変えても新天皇の今日までの生育や家庭や人間の優しさやふくよかさ人間性の豊かさを映像で流し、宮内庁出身の評論家や担当記者やコメンテーターが祝いの雰囲気を日本全国の茶の間に垂れ流しているのだ。

ぼくは携帯ラジオをテーブルの上に置きＦＭ放送の流れて来た音楽に合わせた。妻が用意していった野菜サラダを口に運びコーヒーを飲んだ。一時間ほど前に、会場に沢山集まるといいね、行ってきます、との声を残してドアの締まる音が玄関から響いていた。妻は友人四、五人と旧街道を歩き、史蹟を観察しながら食事をする会に参加したのだ。この十日も続く連休の半分近くも過ぎているが、身軽になって十年を越えたぼくにとっては毎日が連休なので、妻と一緒に日々の買い物をしたり、ときには映画を観る予定をたてたりするがそれぞれ別の行動をする日も多い。

味のない野菜サラダのトマトとコーヒーを一緒に飲み込んだ。塩でなくオリーブオイルを垂らして食べてね、妻の声が脳の片隅をよぎる。昨年の秋、病院の定期検査で、糖尿病に片足突っ込んでいます、と医師に告げられてから妻は塩分をできるだけ摂らせないように心がけていた。

オリーブオイルの垂らした野菜サラダも口の中ではあまり味は変わらなかった。流れている音楽を聴くともなしに聴きながら朝刊の一頁目は「令和　新天皇即位」「陛下退位『支えてくれた国民に感謝』」と大きな文字と白ヌキ文字と陛下夫妻の写真が目に迫ってくる。三面も平成三十年と新元号を祝う各地の様子を写真とともにすべて埋めつくされていた。

ぼくは新聞を閉じてラジオのスイッチを切り、テレビのスイッチを入れた。どの局もまだ新天皇の報道が続いている。

そういえば、昨日もそうだった。朝のモーニングショウ、昼のニュース報道、午後の報道番組もすべて平成の天皇と皇后の半世紀のもっと前の結婚の儀式から、昭和天皇から引き継いで平成になった三十一年余の時代を国民に寄り添い国民とともに歩いてきたことと、昭和時代の戦争の愁うべき現実を起した広島と長崎と沖縄と近隣の各国への花束を献上して心をいためている、その姿を報道し続けていた。

二日間にわたって平成天皇と令和天皇の家族と行事をこれほど延々と報道するこの国の映像報道にどこか国民の思考をある方向に束ねようとする胡散臭さが漂っている気がする。

その証が一か月前のテレビ画像に強直能面の官房長官によって発表された新元号の「令和」にまるごとあらわれているように思うのだ。ぼくの日常生活に使われている会話の言葉の意味合いで言えば命令とか指令とかは、会社では上司から命令、年上の人からも命令、学校の体育でも命令、家族では親から指示命令をされることが多い。考案者の国文学者によると、「令」はうるわしく平和に生きるという内容もふくまれているそうだが、疑わしさが心の奥を横切っていく。ましてやその後に「和」とくると敗戦間際に生まれたぼくにとっては戦争の臭いが躰の深底から湧き上がってくるのだ。

尊《たける》が背中で死んだら、木の根っこの腐ったの掘って埋めていこう。蛆虫に食われるのは可哀相だから。と玉音放送のあった次の十六日、樺太島の恵須取に住んでいた母と子供はソビエト軍が攻めてきたことから、住民は集団で山中の草径を内路に向かって逃走した。その避難の山中で十三歳上の姉の背におぶさっていた二歳のぼくは熱で腹痛を起こしていたときだ、と母があるとき言っていた。その時は札幌第五方面軍の司令で、「樺太を死守せよ」と戦争は続いていた、父はぼくが生まれてすぐに老兵として出兵していた。

ぼくにとっては令和の「和」は平和の「和」へとは継がっていかない。どうしても戦争が続いていて樺太での敗戦後の生活、引き揚者として多くの苦難を強いられてきた昭和の「和」へと意識が繋がってしまうのだった。

そして平成は「近現代において初めて戦争を経験せぬ時代」を過ごしてきた、というのだが、「国連平和維持活動〈PKO〉協力法」等を成立させて、今では自衛隊の海外派兵が憲法を無視して堂々と罷り通っているではないか、それでいながら平和を維持してきたことの意義と家族や親族のにこやかな日常を時間の際限もなく放映し続ける報道機関に腹を立てながら、それを見続けているぼく自身にも憤りを感じていた。

まったく、今日は何の日か知っているのか、労働者の祭典の日だよ、アナウンサーも労働者なんだから一言くらい言えよ。そう画面に向かって声を挙げてスィッチを切ると、さあ、行くぞ、と声に出し腰をあげた。

原宿駅のホームに降りたが予想していたよりも混んではいなかった、階段を降り、左に曲がって折れてゆるやかに下って改札口に着くと、さすがに人波でいっぱいだった。やっと改札口を通り抜けて、ぼくと同じような老人の一団の後についていった、神宮橋を渡ると真っ直ぐにすすみ大鳥居の近くまでくる、こちらは違った——、ぼくは独りごちるとさり気なく余所見をして躰をもどし、何気ない風を装って歩いた。歩道橋を渡り、軽装で運動靴を履き幟を持っている数人のあとについて五分も行くと会場の公園に着いた。スピーカーから挨拶をしている声が聴こえている。腕時計は十一時を五分すぎていた。

公園に入り薄雲が棚引いている青空を見上げると、祝・第九十回中央メーデー、許すな！　裁量労働者の拡大、安倍九条改悪反対、戦争法廃止、と白布に黒字で書かれている赤いアドバルーンが幾つか風に揺らめいている。ぼくはその光景を何故かほっとして鼻から息を吸いゆっくりと吐いた。それぞれの職場の組合旗を持った二、三十代の男女、乳母車に幼児を乗せて歩いている夫婦、途中の樹の陰で根元に腰を下ろしている老齢の男女、その人波をゆっくりと眺めて集会場へと足を向けていた。

参加ご苦労様です——

急に明るい元気な女性の声がし、中央メーデーの開催案内のチラシを渡される。ありがとう、と実行委員会の腕章をした、その女性に声を掛けたが、後から来る参加者に配る後姿を追っているだけだった。樹々の葉の繁みの下で地域の老人クラブだろうか黄色の幟を持った初老男女の十人ほどの集団もあり、その横では早々とおにぎりや唐揚げを頬張り缶ビールを手に持つ集団もいる。青い幟を持った孫のような若者たちの集団がにぎやかに会話を交わしながら通り越して行く。三歳くらいの女の子の手を引いて歩く青年、横に乳母車に幼児を乗せて押す母親、その姿を横目で見ながらすれちがうように歩くぼくの顎の箍がゆっくりと弛み始めていた。そういえば意識もなくなにげなく行き交うその人たちの顔には、何かを狙う意図的な視線はなく、緊張から解きほぐされたようなのんびりとした顔に微笑みが見られていたのに気付いていた。ぼくはゆっくりと四阿で休んでいる人たちの横を通り抜け、まずは出すものは出してから——と公園内のトイレに行き十人ほど並んでいる後ろに立った。会場からは、連帯あいさつの女性の声が聴こえている。近くまで来ると後ろに待っていた四、五歳くらいの男の声が、パパもれる――と言うと、もう少し待ちな――と言い聞かせている。先に行って入れてもらったら、とぼくが言うと、頭を下げてその親子はトイレの中に入っていった。ありがとうございました、と聴こえている。ぼくはトイレから出ると幾つかの出店の横を通った。うたごえの歌詞やCDと本の店、うどん、そばの店、コーヒーの店があり、飲もうかと思ったが、数人が並んでいたので止めた。

会場に入ると中央舞台は遠くに見えた。昨夜は雨が降ったのだろう、会場の少し傾斜になっている草地とその前の通路になっている地面が泥路になっていて、そこから会場一杯にはブルーシートが敷きつめているのだったが、その処どころに水溜まりが残っていて、その場所を避けるようにそれぞれの地域や労働組合などの幟などや旗を持って、思い思いの座り方で中央舞台の連帯挨拶を聴いている人もいれば、隣同士で声高に話し合っている一団もいる。

雲間から五月の日射しが顔や頬に痛いほど照らしてきた、帽子を被ってくればよかった。胸の内で呟きながら腕で顔に翳し、ゆっくりと少し傾斜になっている雑草の上に立っている人たちの間を、すみません、そう小さく声に出して擦り抜けて葉影に立っていることができた。さきほどよりも中央舞台から広がってくる人波の会場が見渡せていた。黄、青、赤、白、紫などの幟が林立しているのを眺めていると、集合しているのは地域ごとだったり労働組合や民主的な団体などに分かれいるのが理解かった。

その中には茶色や橙色、紺や紫色に染めた若者の一団、幼児を抱いた若い夫婦の姿も見える。嫌いな名称だが後期高齢者をすぎたぼくにはほっとする心の安らぎと、集まっている参加者は働いている人たちか学生などでぼくなどよりもはるかに若い。その中にぼくたちも交わる。集会はこうでなくちゃ、と呟いてみる。いつもは地域の平和集会などに参加するとほとんどが老齢のぼくとあまり年齢の差のない男女だった。それはそれで意味の無い訳ではなかったが、次へと繋がっていく細い糸道がほしい、そんな想いでいた。

日比谷で開いているメーデー実行委員会から連帯の挨拶が続いている。もっと他でもメーデーが開かれ、連帯していけるといいのに、と思う反面、もう何年前になるだろう、大企業の大手労働組合がメーデーをその年の五月連休前に開いている。現代労働者の体質も変わり、連休を有意義にすごす為の方策としては現実的な、転換ではあったとは思うのだが、でもね、一三〇年以上前にシカゴで八時間労働を求めて立ち上がった労働者の労働根幹の巳むに巳まれぬその行動を五月一日のメーデーとして引き継いできた国際的な集会の意図を失わせたことに、もやもやとした心の疼きを抱いていた。

うす雲が広がりはじめて日射しもなくなり、立っているぼくの足もふくら脛が痛くなってきていた。中央の舞台から、太陽は呼ぶ、地は叫ぶ、起て たくましい労働者……ではじまる「世界をつなげ花の輪に」の合唱が会場全体に広がり、人波がざわめきはじめた。今日の参加者は、二万八千人です。報告とデモの行進指示があり、後ろの出口に向かって幟を持った団体がゆっくりと移動をはじめた。ぼくは参加している団体や待ち合わせている友人や知人も無かったので、先を歩いている私立学校の組合旗を持った十数人に従って歩いた。後ろにいる組合名の入った赤い腕章を着けた男性に、すみません、と声を掛けた。振り向いた男性は、なに？ とでも言うようにぼくの顔を見る。原宿の駅まで一緒に参加させてもらっていいでしょうか？ ああ、かまわないよ、とすぐに返事がかえってきた。ありがとうございます。ぼくはその礼をし、黒縁眼鏡の顎の下に髭があり腕まくりをした白ワイシャツの中年の男性に頭を下げた。

会場の公園を四人並びの列になって歩いたり、止まったりとゆっくりと抜け車道に出た。車道では警察官が指示をし、メーデー会場の誘導員が乱れのないように誘導している。右に曲がって歩くとメーデーに参加している車両がずらり並んでいる。その中に地域建設会社の自動車が十数台も列をつくっている。その荷台には戦車の大きな張り子模型が乗っていて、戦争反対‼　の文字が書かれている。その二台後ろには安倍首相が「もりかけ」をおいしそうに食べている張り子模造に、食い逃げはゆるさない‼　の文字も黒々と書かれている。ぼくはいつもの年もそうであるが地域建設会社のその時代を模倣する張り子像に拍手を送っていた。

歩道の上でも多数の人が立ち、写真を撮っている人たちの下を、最低賃金一五〇〇円を保障せよ‼　憲法改悪は許さないぞ‼　とシュプレヒコールの声をあげながら通り抜け、神宮橋のたもとで、ありがとうございました、とお礼の挨拶をしてデモ行進から離れた。

ぼくは駅へ向かわないで明治神宮の南参道入口大鳥居を潜った。手を合わせたり礼などはしなかった。メーデー会場へ行くとき、人の波に乗って歩き、あやうく明治神宮に向かった安直さが心の底にしこりのようにわだかまっていた。

参道は往く人来る人で賑わっている。ぼくとおなじような老齢の男や女も若い人もそれなりに多い、歩きながらの会話で、米英国、中国、韓国など外国人も結構多い。途中まで社務所に並ぶ人の列が数百人にもなるんだろうか。ぼくの後からきたロングスカート、サングラス姿の三、四十代になるだろう婦人が、並んでいる丸い小さな椅子に座っている老婦人に、いつから並んでいるのですか？　と訊いていて、一時間もっと前からよ、と答えている。ぼくは、明治神宮だから日常的に参拝する人が並ぶのが多いのも不思議ではないと、何の疑いもなく観ていたのだったが、今日は新元号「令和」の日であることにふっと気付いた。老齢者ばかりでなく中年の男女も若者も外国人もいる。令和元年の御朱印をもらうために、小砂利が敷きつめられている参道には落葉を人の波に注意しながら掃き集めている職員もいて、きれいだった。御朱印を求める行列が北参道入口近くまで続いている人たちの姿を口を閉じて見ながら、ぼくは鬱蒼と繁っている参道を代々木駅へ向かってゆったりと歩いた。

　代々木駅から地下鉄に乗り、住んでいる団地の部屋に着いたのは二時半をすぎていた。テレビのスイッチを入れると各局のワイドショウはどこも令和天皇の報道ばかりがまだ流されていた。

　ぼくは冷たいお茶で喉を潤し畳の上にごろりと寝転んだ。

リン、ただいま、お目目覚めたか、じぃじ来たよ。部屋の薄暗い短い廊下を通りながら、娘夫婦が飼っているミニチュアダックスフントの老婆犬に声を掛ける、娘夫婦は会社勤めなので夕方はぼくが自分の散歩も兼ねて歩いている。

ベランダ側の六畳間に設置している防音装置のゲージの内で立ち上がってぼくを見ている。じぃじは寝坊をしてしまった、まっていたか? そう語りかけながらゲージのガラス戸を開けると、尻尾を左右に振り振り目はぼくを見詰めたまま出てきた。ぼくの広げている両掌に来るところんと仰向けになり両足をたたいておいでと言うように振っている。わかったよお腹を撫でるんだろう。ぼくは両手の指でくすぐるように上へ下へと何度も撫でてやると両前足を拝むように小さく強く振っている。どうだ参ったか、そう言い、リンの首を両手で擡げ、顔を近づけると、ぼくの鼻から口から頬へとなめまわしてきた。苦しい、もう終わり。リンの顔を放しても、まだ嘗め足りないとでもいうように舌を出してきていた。

ベランダに尿用のシートともう一枚のシートを少し話して敷き、リンを乗せると尻を屈めて尿がシートを濡らしている。鼻で嗅ぎ嗅ぎ次のシートの上で尻を下ろし丸細長い便をしている。ドアの上り口に来て大きな両目でぼくを見上げる。

リンはお利口、お利口!! そう言い、頭を二度三度と撫でて両足と尻を拭いてやった。ちょっとまずったか？　シートから指先ほど外れた便と尿で重いシートを処理し、消臭剤をふりかけた。もう一四歳になる老婆犬にはトイレのへの時間を気遣うようになっていた。さあ散歩です、と語りかけ首輪を顔の前に見せるとリンは座っていたのに立ち上がり、顔を輪の内に近づけてきた。リードを付け、さあ行くぞ、と声を掛けリンを抱き団地の七階から外階段を下りて地上に出た。

　小学校の正門とあいキッツの学童たちが並んでいる校庭を横に見て通り過ぎ、車道を渡って徳丸が原公園に着いた。中央の広い通りに公孫樹の樹が並んでいる。秋には黄色の広場となる並木だ、リンを下ろしたが歩こうとはしない・腰を舗道にぺたりと付けたままぼくの顔を見ている。リードを引っ張ると腰が下りたまま数十センチ引きずっている。

　しょうがないな！　ぼくはリンの頭を軽く叩いて体重が七キロの老婆犬を抱き上げて歩いた。広い舗装通りが途切れると地面が一段下がり、噴水広場になっている。真夏には朝顔の花のように広がる五メートルもある高さの花びらの周りから水が滝のように流れ落ちる。水が溜まる縁に腰を掛けリンを地面に下ろし首輪のリードを外した。まわりの少し離れた場所に三ヵ所の藤棚がある。陽当たりの良い大きな藤棚には薄紫色の藤の大きな房が風にゆらりと揺れながら連なって咲いていた。藤棚の下のテーブルには五、六人の制服を着た女学生が楽しそうに話し合い笑っているのを見ていた。その一人が立ち上がって走り寄り、リンちゃん久しぶり、会いたかった！　膝を付いて、尻尾を振っているリンの頭から背中へと撫でている。リンちゃんは変わらないなー、あぁ重い重い、と抱いている。汚れるよ。リンちゃんはいいのいいのいいの、と頬擦りをしている。この子は小学生の頃、散歩の帰りにいつも撫で、抱き、可愛いと一緒に歩いていた。それが卒業の頃から会えなくなっていたのだった。何年生になったの？　高一です。おめでとうお姉さんになったんだ。女子一貫校の中学に入学したから……。リン、お姉さんの顔は嘗めないの。いいのリンちゃん小学校以来だから――。重いだろう服が汚れるよ、そう言ってリンを抱き取った。リンの顔を両手で包み込み、鼻と鼻をくっつけて頬ずりすると、ありがとうまた会えるといいね、友だちとも久しぶりだから。そう言いながら胸許で両手をひらひらと振り、友だちのところへ小走りで去って行った。

　リンを抱いて、いつもの散歩道になっているテニスコートの角でリンをレンガ舗道に下ろし、顔を両手で包み、お姉さんに会えてよかったな、これからじぃじと散歩だよ。と尻をポンと打つと、いつもはのたりのたりと二、三歩で止まりなかなか動かないのに、両前足と後足を跳ねるようにしてぼくの前をぴょこりぴょこりと走っていく。

この七面あるテニスコートの脇舗道の百メートルほどがリンの首輪からリードを外し、ぼく自己流の体操をして歩くのが散歩日課になっていた。今日はテニスコートのほとんどで練習をしている。目前の面ではお揃い赤シャツを着た学生達がドンマイドンマイ、いいよいいよ、との掛声がしている。ぼくは両腕を上げ指を曲げたり伸ばしたりし、足も交互に持ち上げる運動まがいをしながら歩く。後ろを見るとリンの姿が見えない。動作を止めないで待っていると外塀の縁に沿って植えている山吹の繁みから出てきて、僕の姿を見てのそりと歩き出している。いつものことだった。テニスコートの中途をすぎたころ、背もたれの無い長椅子の二脚先に座っている青年が、リーンリン、と呼んでいる声がする。リンお兄さんだよ、そう言い聞かせてもゆるりのたりと尻を左右に振って歩く姿は変わらなかった。

その青年は昨年の秋ごろ、長椅子に座っている足許にリンが近づいて行って尻尾を振って顔を上向きにしていると、携帯電話を操作していたその青年はリンの頭を撫でて、可愛いね、と言いにこりと笑った。それから挨拶などや話をするようになり、専門学校の生徒で、近くのコンビニエンスストアでアルバイトしているのもわかった。二ヵ月ほど前からぱったりと合わなくなっていて、どうしているのだろう、と思っていた。

リン、リンと何度か呼ばれて、やっと聞こえたのか尾の振りと足の運びが少し早くなった。腰を屈め両手を広げて近づくリンの顔を撫でて、元気だったね、そう言って抱き上げて長椅子に座った。しばらくだったね。二ヵ月ぶりです。ぼく介護施設に就職しました。おめでとう頑張ったんだ！　いやぁと首を傾け、今年の二月にリンに励まされていたんだ、施設の実習で老人を風呂に入れているとき、手を滑らして頭まで湯につからしてしまって、怒鳴られて、止めようとおもっていたとき、リンは老婆なのにいつもと変わらずゆっくり歩いてぼくの膝に抱かれて頬を嘗めて勇気をもらっていたから、だからもう一度会いたかったんだ。リンは抱かれて尻尾を振っている。コンビニにも挨拶に行く、と言う青年からリンを抱き取った。その青年は、待っていてよかった会えてよかった、リンは元気でな！　そう言い残して山桃や楠の樹の間を通り抜け、夕陽に照らされている躰がこちらを向くと左手を高く上げて振ってきた。ぼくも抱いているリンの右前足を持って小さく降った。

リン、今日は懐かしいお姉さんやお兄さんに会えてよかったな、抱いているりんを舗道に下ろすと、両前足と後足を兎のようにぴょこりぴょこりと跳ねて長い尻尾で地面を掃除しながらぼくの先を走っていく、ぼくは足をはやめてリンの後を追った。

黄昏蝉

おはよう！

リンちゃんおはよう！

ドアを開け薄暗い玄関で呼びかける。返答はもちろんない。靴を脱ぎ、左は風呂場とトイレ、右は四畳半の和室、その間の短い廊下を歩いていると、カチッと玄関ドアが後で締っている。

おはよう！

お目目覚めたか？　じぃじ着いたよ！

台所のテーブルに帽子を置き、カーテンが締っているベランダ側のドアの前に設置されている防音装置の施されている犬小屋を覗くと奥の方でまだ眠っている。やはり返答はない。リンは昨年の秋に一四歳をすぎた。人間で言うと八十も半ばになる老婆犬だ。その頃から夜中にクーンクーン、クーンクーンと甘えるように夜泣きするようになり、両隣りや下階の住民に迷惑がかからないようにと防音装置の犬小屋を設らえたのだ。僕たち夫婦や娘夫婦の住んでいるこの団地は犬猫を飼うのを禁止していた。
ガラス戸を開けて首を内に突っ込み、耳元で、
おはよう！　まだ目が覚めないか！　もう四時を過ぎたよ！

そう声を掛けても、目を閉じたまま口元の隅の透き間から舌をちょろりと食み出させて眠っている。

おはよう！　じぃじ来たよ！

まだ起きない。やはり歳相応に耳が聴こえなくなってきたのかも知れない。

ちょろりと覗いている舌を指で触れると、ピクリと首を擡げて目をぱちくりと開け、驚いた様子でぼくを見ている。

おはよう！　目が覚めた！　じぃじだよ！

リンはそれでもなお目覚めきれない見開いた目でぼくを見ている。頭を横に振ると長い耳が顔にまで揺らめいている。大きく欠伸をするとやっと前足を立てて躰を起こし小屋から出てきた。ミニチュアダックスフントの長い胴の短い後足を

思いっきりに伸ばして、しゃがんでいるぼくの足元を通り抜け、ベランダの網戸から差し込んでくる夕陽にちかい陽脚を浴びてころんと横になり、仰向けになって、長い尻尾を振りぼくを見上げている。

わかったよ、お腹だろう！

ぼくは目の前に広がっているリンの毛の薄くなっている腹に両掌を添えて上へ下へ撫でてやると、両前足を合わせるようにして上下に振っている。ぽちょぽちょと柔かい腹は生暖かい。両掌でゆるりと撫でていると、長い尻尾を勢いよく振っている。

わかったよ！　知ってるよ！

顔を近づけると、頬から首すじから顎までざらざらとした舌で嘗めまくってくる。そして唇からまた頬へと息をつく間もなく嘗めまくってくるのだった。

リン、ありがとう！　嬉しいけれどさ、今日はじぃじは少し鬱気味なんだよ！

じぃじの気持も聞いてくれよな！

――ぼくは一時間ほど前に一階の管理事務所に寄ってきていた。管理に関わる用件ではなかった。一四階建てで横に三十二軒が並んでいる長屋形式の建物だった。ぼくが住んでいる中程の階で止ったエレベーターから喪服を着ている三十そそそこの夫婦と保育園に通っているらしい二人の子供が降りてきた。胸に位牌を抱いている。ぼくは軽く頭を下げて後退りをしていた。誰が亡くなったのかなという思いが胸の奥をかすめていたが、まさかね、という思いがよぎる。会ったときは軽く頭を下げるだけで話をした記憶はなかったが、ぼくの住んでいる七軒先の部屋の住人だった。彼らの両親とは会ったときの挨拶だけではなく、その時々の天候や体調や仕事のことなども話し合う程度のお付き合いであった。頭を短く刈り、白いタオルを首に巻いてがっしりとした躰つきに作業衣をきりっと着た大柄なご主人は、挨拶のあと、今日はこれから八王子の方での仕事でね、とビールの空缶を入れたビニール袋を持って捨てに行くぼくににこやかに話し掛けてくる。午前中の十時ちかい時間だった。そういえば、以前に内装工事の仕事をしていて、その日によっては千葉から東京都下の方まで移動して工事をすることもある、と言っていた。ときには夕方にエレベーター内で会ったりすると、これから工事仲間と近くでこれ、指を丸めて左掌で口元に酒を飲み干す手真似をする、くったくのない人柄であった。もう一年半ほど前になるであろうか。そのご主人と四、五ヶ月も会わない時期があった。仕事が忙しくて朝は早く夜は遅く帰ってくるのだろうと思っていた。ある朝ダストシュートに食事屑ゴミを捨てに行く廊下でご夫人と会った。躰を少し横にして擦れ違った挨拶のあとに、ご主人はお元気ですか、ここ顔を見ませんので、と言うと立ち止まって、主人は半年前に病気で急に亡くなりました、とあっさりと言う。エッェッ……それは何も知りませんで、大変失礼をいたしました、ご愁傷様で――あとはむにゃむにゃと口の中を濁し頭を下げた。いいんです、住まわれている近所の人には何方にも言っておりませんから。そう言い終り頭を下げて、介護施設の仕事に行ってきます。と黒のカバンを背負って去っていくご夫人の後姿を立ちつくしたまま見送っていた。急なほんとうに急なご主人の死去を告げる内容だったので、そのときのぼくは、そう、そうだったの――、ほんの鉄のドアを六、七枚とコンクリート壁しか隔てていない部屋に住んでいながら何も知らないし、知らされていない、そんな同じ階に住んでいる日常生活にこれでいいのだろうか、これでいいのであろう、いやこれが現実の日々――。訳のわからない言葉が頭の中を駆け巡り、朝の冷たい風が脳をくるりと廻りすうっと胸を吹き抜けていったのを思い出していた。あの若夫婦たちの姿は、あのご主人の三回忌なのか？　と思ったが、それにしてはご夫人はいなかった。まさか、とぼくの脳裡を不審がよぎる。風の強い日に会ったとき、帽子を被っていない髪を手で押さえている姿に出会った。病気で自分の髪ではないから、と笑って通りすぎた日もあった。そのご夫人が二週間ほど前に、建物の下の砂場でお孫さんだろう二人が砂を盛上げて遊んでいるのを縁に屈んで陽に照らされながら頬笑んでいる顔を、ぼくは見ていた。まさか、そんなことが、と、部屋に入ってから想い起こしてみたが、今更、あの若夫婦の部屋を訪ねて聞く訳にもいかなかった。じっとしていても落ち付かないので、とりあえず管理事務所へ行ってみようと思いたった――

リンは話し掛けるぼくをじっと見詰めている。瞬きはしない。その瞳に鼻から口元が歪んだ顔が映っている。

ぼくの住んでいる七軒ほど先のご夫人が亡くなったのでしょうか、喪服を着て位牌を抱いた息子さんご夫婦に会ったものですから、

と言うと、管理室の事務員は、

同じ建物の住民でもそれは、――

個人情報保護法でお教えられないということですか?

言葉を曖昧に、そうです、と事務所の人が言うんだよ。リンどう思う。あまりにも冷たいと思うんだけどな!! じぃじは。教えられないということは亡くなっているということだよな、元気ならば、お元気ですよ、と言えばいいのだから

な。あまりにも淋びしい、悲しい虚しい隣近所の付きあいでしかないのかな。それでいいのかな？　何でこうなってしまったのかな。
そう思わないかリン。リンのやわらかい毛の腹に顔を埋め、二、三度、リンの顔に顔を覆いかぶせると、わかったよ、とでもいうようにぼくの顔を勢いよく舐めまわして続ける。リンのザラザラとした舌が皮膚に痛いほどの刺激なのだがもやもやな気持がうっすらと消えてきていた。

リンいつもと違う道を散歩しようか！　抱かれているリンからは何の身動きもない。リン、じぃじだよ、じぃじぃは？　と八十を過ぎた老婆犬に呼び掛けると、左肩に顎をひょいっとゆうように載せてくる。重いな、ちょっと疲れて来たな、と思いはじめてきたので手を当てているリンの尻を少し持ち上げて見たが七キロの重さは変わらなかった。リンと散歩をし始めてもう十年をすぎているが、こうして徳丸ヶ原公園のなかほどまで抱いて来はじめてからは五年はすぎただろうか。特別な意図があった訳ではなかった。年令を重ねてくるとゆるりのそりと歩く時間がかかりすぎてしまうので道程の半分は抱いていた。野球場の外野から一塁ホームベースまで続く桜と公孫樹が並んでいる緑葉に覆われた通路を歩き、いまは水も止められている朝顔の花形噴水の外側をぐるりと通り抜けてテニスコートまでやっとたどり着いた。

リン、重かったよ、そう声を掛けてレンガで敷きつめられているテニスコートの囲りの舗道に降ろした。リン、ここからはいつものように散歩だよ、そう語りかけ、首輪からリードを外し、頭から顔まで両掌で撫でてやる。目元の下に涙が自然と落ちてくるのか薄茶色の毛が黒く濡れている。白い網目チョッキの左右に付いている大きなポケットからティシュを出し、自然と出て来るだろう涙を拭いてやり、ホラ、キレイにしないとリンちゃんは可愛いいと言われないぞ、と何度か拭いても嫌がるでもなくぼくを見ている。よーし行くぞ、とリンの尻を軽く打たき立ち上がった。藪蚊が多いので刺されないように長袖のワイシャツを着ているのだが、胸元も腕の肘下までも汗で濡れていた。

五十センチほど嵩上げされているテニスコートは二メートルもある金網で囲まれておりその半分の高さまで緑色の細網になっている。コート内は七面のネットが張ってあり、いまもほとんどの面が使われているが、やはり学生だろうか若い人の姿が目立つ。一番端れのネットはぼくと同じような年齢の男女六人がダブルスで球を打ち合っている。しっかり腰をおとして、いいよ、いいよ、そんな掛声が聴こえてくる。そのコートの片面の直線は百五十メートルほどもあり、その間だけリンの首からリードを外して自由に歩かせていて、ぼくは軽く体操をしながらゆっくりとリンの先を歩くことにしていた。腰を下ろし膝を左に八回右を八回数えて曲げる。腰に両掌を当てて後にできるだけ反り返ってみるが、頭の先に響くような痛さもあって思っているよりも反り返ってはいないのだろう。それでも青空の端には二十メートルよりも高そうな樟、欅の大きな木の緑葉に夕陽が射していて、そよ風がひそかに葉を揺るがせるとキラリと葉が輝いて見えていた。若者たちの、ナイスいいよ、もっと前進！　その掛声とかなかなと蜩の鳴き声が競いあうようにぼくの見上げている天空を響き渡っていた。腰をきしきしと軋ませながら振返ったがリンの姿が見えない、コンクリート柵の縁に植えてある山吹、笹竹の間に躰を入れて何か臭いを嗅いでいるらしい。リン、こっちだよ、そう声を掛けても戻らない。リン、リンと声を大きく呼ぶとやっと、なんですか、とでも言いたげにぼくの手を広げている方にゆるりとやってきた。待っている間、目前のレンガ舗道に腹を見せて横たわっている蟬の死に殻をそっと取り上げて笹竹の草叢に伏せて置いてやった。蟬はどうして死んだとき、道路や林の小径でもどこでもそうだが腹を見せて仰向けになって死に殻を晒すのだろうか、死んだときくらいせめて背を上にして土を抱くようにしてよ、ぼくはそんな思いで蟬の死に殻を草叢の中に這う姿勢で置いてやっていた。やっと手を広げているところまでリンがやってきた。何を嗅いでいたの、草叢の落葉の臭い？　リンは何も応えないでぼくを見ている。頭を撫でて背中を摩すると、もういいとでもいうようにぼくの横をのそりのたりと摺り抜けて行った。老いを重ねているがやはり牝犬として雄犬のマーキング臭を嗅いでいるのだろうか、とふっと思っていた。

先を行くリンの腰を振り振り長い毛でふさふさした尾っぽで舗道を掃除してひょこりひょこりと歩く後をぼくは足を上げ腕を振りながら追っていった。背凭れの無い二、三人掛の椅子が点々と七脚があるが、いまは誰も座っている人はいなかった。そのレンガ舗道の右側は七、八メートルの草地と一人ではとても両手に届かない太さの樟《くす》、欅《けやき》や椋木《むくのき》、針槐《にせあかしあ》等の雑木が数十本も空を覆うように緑が高く広がって立っていた。平行してコンクリートの舗道が徳丸ヶ原公園の外側を一周すると千メートルになる舗道があった。いまもランニング姿の脚の筋肉が張っている老年の男性や女性、大学生だろうか高校生だろうか数人が競うように走っており、杖を付いた老人、競歩のように歩く女性、ゆったりと話をしながら散歩している夫婦。犬と散歩をしている男女とも幾組も通りすぎている。とき折、雑木の葉がざわめいて飛ぶ鳥の羽音が響くと、ミーンミーン、カナカナ、オーシンツクツクと飛び交っていた蝉の鳴き声が瞬時に止んで静かになり、テニスコートのドンマイドンマイという声が聴こえてくる。

リン、今日は元気に歩いているな、後から頭と背中を撫でていると、目前の雑木林からグワッと鴉の大きな野太い声がした。もう一度グワッと鳴く。山桃の木が四、五本、その奥に栃ノ木が三本立っている。鴉が五羽いや七羽もいてその一羽が追い回しているのだ。こんな雑木林の中にましてや地面に立って半分口を開いて上を向いて群れているのを見たのは初めてだ。リン行ってみよう、声は掛けたが係わりなくぼくはその鴉の群れに近づいていった。何羽かはぼくの方を見てピョンピョンと二足で移るが、他の鴉は動こうとはしなかった。いまは初秋なので子育てはしてはいない、集団で襲ってくることはないと思うが、それでも黒い半開きの嘴の瞬きをしない黒い集団を見ると大丈夫かなという心にひるむのを感じて、近くにあった枯小枝を拾うと近づいていった。ぼくは小枝を振りながら、しっ、しっと声に出して追う。二羽は近くの雑木の枝に止まったが、四、五羽は数メートル離れたところまで二足で飛ぶように移っただけだった。半開きの嘴はそのままに嘴先は太いようにも細いようにも見えた。リンも近づいてきて地面に鼻をあてているのでぼくも腰を少し下ろして見てみると根元の地面にぼくの親指ほどの太さの穴が幾つもある。栃ノ木の根のまわりを捜してみると二十数個もみつけられた。五年も六年も地中の木の根っこの汁を餌にじっと成長してやっと地上の空気に接しられると懸命な努力で地上までの土を押し上げていたのに成虫の躰が地上に出ないうちに黒い嘴に突き銜えられてしまったのだろうか。ぼくにはわからないけれども蟬の成虫は夕方から夜中にかけて這い上って来るのだろう。黒い半開きの嘴で赤い舌を持つ鴉たちが地面を密やかに動かすその揺れを待って出てくる前に競って土の中から啄んでしまっているのだろう。蟬の懸命な生への息吹きを一瞬に銜え出し殺してしまう、その残酷な行為に呆然とし無念さが込み上げているが、そのための黒い集団であり遠くまで逃げないずぶとくてふてぶてしい行動なのだ。栃ノ木の下枝の葉の裏側を眺めると、蟬の成虫の抜殻が葉一枚一枚に中には少し大きな葉には二つの抜殻もしっかり落ちないように垂れ下っている。ぼくの手が届くような枝にも二十数個の抜殻が並んで付いていた。地中から幹を登って細い枝を渡ってこの葉にやっとたどり着いて、そこから殻の背が割れて蟬の成虫となって羽を少しずつ広げて五時間も六時間もたってやっと飛びたって行けた蟬たちの残した分身だった。一度に出て並んだ訳ではないし、鳥や鴉たちの餌になってしまった成虫も多いだろうし、ここまでたどり着いて蟬になった殻たちに、よかったね、と一言いいたい気持になっていた。それにしても怒りが治まらなくて持っていた小枝を振り回し黒い群団を追いかけ、離れた雑木の枝まで飛び去るまで振り廻した。

奥まで黒く窪んでいる穴の一つひとつにまだ鼻をつけて臭いを確かめているリンに、行くよ、と抱き上げてレンガの舗道にもどった。

リンは臭いを嗅ぎまわるのが獣性なのか、今度は仰向けになって死んでいる蟬を鼻でちょっと押している。ぼくは、それはヒグラシだな多分、そう言い山吹の根元に背を表にして枯草の葉上においていく。ひそかに風が吹いて茶色の蟬に似た枯葉がひらっひらりと移つていくと、リンが追いかけていく。それは蟬じゃないよ！ 落葉たよ！ そう声を掛けると舗道にまで垂らしている尻尾でレンガ舗道を掃除し、ぼくを見返し、ふらりと前に進む。リンが鼻をぶるっと震わせて通りすぎたところに、胴から上体がない大きなミンミンゼミと思われるまだ乾ききっていない抜殻にぼくは胸奥が急に締め付けられる思いにかられたが同じように草叢の内に背を表にして置いて行った。小型の羽の透きとおった蟬を摘み同じように伏せて置いた。もうおしまい、行こう！ そうリンに声を掛け、自分にも言い聞かせてリンの首輪にリードを付けていつもの散歩道をゆっくりと歩き出した。

木漏れ日

　徳丸ヶ原公園に入り、今日は試合や練習をしていない野球場の外野側舗道を通りすぎ、三〇〇メートルのトラックがある運動場との間の舗道を老婆犬のリンとゆるりのそりと散歩していた。リンはミニチュアダックスフントの雑種で胴は長く短足で太りぎみだ。長女が飼っている薄茶色のおだやかな性格でリードを持って先を歩くぼくの後をゆったりのったりと付いてくる。ぼくが停って振り向くと一緒に停り、ぼくの顔を見て振り向く。何でもないよ、リンを見ただけだよ、と声を掛けてまたリードを引っ張るとのそりと何事もなかったように歩いてくる。毎日散歩している訳ではない。長女が仕事へ行っている日の週に四日間だけ夕方の四時ごろから一～二時間ほどを、自分の運動も兼ねての散歩だ。停年で退職してからだから、もう十年もすぎてしまった。

　舗道の両側には榎、楠、小楢など常緑樹が繁り、その樹の間に半円型の腰伸ばしベンチ、ぶら下がり懸垂をする二段鉄棒、腰ひねりストレッチ、段差昇り降りなどの老人用器具が設置されている。それと空いているときはぼくも腹筋運動ベンチに横になり十数回やっているのだが、いまは幼稚園の幼児母子二組が腰を掛けて声高に喋りあって使用している。

残念、今日は駄目でした、とリンに語り掛け、母子が停めてある電動自転車を見ながら横切り、先月半世紀ほど経ったトイレを建て替えたベージュの建物を通りすぎた。野球場のホームがあり、運動場も出入口があり、途切れたところが、舗道が四倍ほど広がっていた。両端には欅が十数本ずつ植えてあり、半世紀経った欅は枝葉を大きく広げ十数メートルもの高さに繁っていた。その葉の日陰にはやはり両端に二~三人座りのベンチが五脚ずつ据えられていた。休憩所になっているその広場のほとんどが、夏の盛りを過ぎてもまだ暑い熱気がぼくの湿めらせている半袖シャツをほっとさせる涼やかさで欅の緑葉が覆い日陰をつくっていた。

リン今日も居るよ、少し休んで行こう、と立ち停ったぼくを見上げるリンの目元まで屈んで抱き上げた。八キロはやっぱり重いよ、と語り掛けたが、ぼくの肩に顎を乗せただけで返答はなかった。ぼくは野球場側の中央ベンチに腰を掛けリンを膝の上に抱いた。ひよいっ、とリンを前に向かせ、ほら見えるだろう、仲がとってもいいよな、と心の内で語り掛けたが、リンはやはり何の返事もなく、顔をぼくに振り向き頬を長い舌でぞろりぞろりと嘗めはじめた。前の運動場側の二脚目では、ぼくよりも歳上だろうか白髪の小柄な老夫婦がベンチに並んで正座し、お茶だろうか、コーヒーなのだろうか、両手で包むように持って、ときおり飲んでいる。

ぼくは、ああやっぱり今日も変らないな、と思う。会ったときはいつもそうだが、ベンチを向かい合って座るのではなく、並んできっちり座り、語り合っている様子はないし、向かい合う様子もない、時折は妻なのだろうか老婦人が話したのか、夫であるだろう老人が首を傾けて頷いている。笑顔ではないが何とも落ちついた静かな顔は、いつもぼくをほっとさせる。小さめの顔、皺や斑などは観えないがぽっちゃりと整っているのだ。夫人は白髪をきっちりと後ろにまとめ結をしているし、老人は少し薄くなった白髪を七三に分けているのだった。

さっと風が吹いて緑葉がさわさわと揺れている。老人が欅の梢の緑葉に人差し指を向け婦人と上向きになったとき一陣の風が吹き抜け大きく枝葉が揺れて、夕陽の淡い陽射しが差し込み、老夫婦の指差す身体と顔を茜色に染めた。ぼくは過ぎ去ったひそかな風の音を聴きながら、ぼんやりとその光景を観ていた。

リンはまだぼくの頬を嘗めていて鼻にまで迫ってきた。そこは鼻の穴だ、だめだ、と言って首を伸ばしても迫ってくる。リンを膝にもどして嘗られるのを止めた。老夫婦の座る様は変っていない。ぼくがあの老夫婦に心を引き込まれてしまったのは何時ごろからだったのであろうか……。

しとしとと降り注いでいた雨も落ちつき、晴れ間から陽が照りつけていた梅雨も終わりにちかい日だった。

雨のあとの濃い緑葉に大きな房の白い花が幾つも咲いていた。なあ、綺麗だろう、こっちの株は紅青色の花だ、となりの株には白と薄紫が混じっている、同じ株なのにおかしいよな、そう思わないか、リン。抱いているリンにそう話しかけても、ウンとワンともない。そうか色は識別できないか、それじゃ臭いはわかるだろうと、大きな白い花の紫陽花に鼻を近づけても、横を向いてぼくの胸に抱きついてくる。ほんのりとした甘い香りがするだけだった。

散歩道の片道半分ほどはリンを抱いて歩いている。一緒に歩いてもいいのだが、あっちに寄り、こっちに寄りして時間がかかりすぎるので徳丸ヶ原公園までは抱くことにしている。いつもの野球場に着いたところで舗道に降ろしリードを持って歩いた。老人が多く活用してるフィットネス器具が設置されている通りをすぎ、両端から欅の緑葉が覆っている小広場のベンチのたまたま空いていた中央にリンを抱いて座った。左隣には自転車を横に止めて煙草を燻らせている老人、右隣は文庫本から目を離さない婦人が座っていた。

　向い側のベンチでは幼稚園から帰ってきた母子の三組が立ち話しをし、その囲りを園の帽子を被った男の子と女の子が走り廻っている。その動きをぼんやりと眺めていたのだったが、ふいにと思うほど急に目前を紺色の背広を着た老人と薄紺のワンピース姿の婦人がゆったりと横切っていった。小柄な老夫婦は手を携えあって向い側の空いている二つ目のベンチへ近づいていった。婦人に、ここがいいだろう、というように手で示して、左右に下げていたポットと頭陀袋を置いた。その袋から文様のある敷物をベンチに敷き、靴を脱ぐときっちりと揃えて、ベンチに正座したのだ。ぼくは胸の内で、えっ、と驚いて眺めた。今までベンチに正座するのを観たことはなかったし、ましてや老人は背広を着、ネクタイを締め、革靴を履いているのだ。仕事をしていてその帰りに老婦人と落ち合わせて来たとも考えられたが、それにしては肩から左右にポットと頭蛇袋を下げていたのも不思議だし、それとぼくよりも年齢がだいぶ上の様な気がしていた。老人はポットの蓋を回し外蓋と内蓋のカップを真ん中に置くとコーヒーを注いだ。二人でそっと両掌で包むようにカップを持って、ゆっくりと飲んでいる。その姿がいかにも自然で頬笑ましい動作だった。ぼくは思わず抱いているリンのことも忘れて見惚れてしまっていた。

それから、その老夫婦の正装してベンチにぺたりと並んで正座し、カップを掌で包むようにしてゆっくりと飲む姿をぼくは興味を抱いて待ちのぞむようになった。そうはいっても散歩をする度に会うのではなかった。風のない晴れた夕方のひと刻で週に一回程度だっただろうか。あのおだやかな表情と振舞はどんな日常生活を過ごすなかでつくりあげられたものだろうか、と住んでいる地域の家や部屋、家族にまで思いめぐらせてしまっていた。

徳丸ヶ原地域は都営地下鉄の線路を境に六~九丁目と徳丸ヶ原公園寄りは一~五丁目と分かれていた。二~三丁目は今でも都市の人口が住んでいると言われる東洋一の高層密集住宅団地となっていた。ぼくは一九七二年の春に引っ越してきて、もう半世紀ちかくも最上階の部屋に住んでいた。三万人もの人達が住んでいるのだから、その老夫婦に会うなどというのは偶然でもありえないし、まして何かの集会や知人との会合などで知りあわない限り、記憶していることはほとんど無いといえた。

　あの服装と会話の少ない振舞を観ているると一軒家で生活している住民なのではないかと想像してみる。それなりの一流の商社か大企業などに勤めていて一家を成し、一男一女、いや三兄妹を育て終えて、それはあの無表情ではない、ふくよかで張りのあるおっとりと観える小顔の老婦人が背負ってのことだろうが、子供を育てあげて、いまは老夫婦での生活を楽しんでいる？

　いや、持ち家であるのなら息子か娘夫婦とそれなりに大きくなった孫とも一緒に暮らしているのだろう、と思うのだが、それにしては背広姿に左右にポットや袋をぶら下げ、老妻の腕に手を添えてゆっくりと一歩一歩と歩いてくる姿はそれらしくないな、と打ち消してみる。それに一軒家からあの様子で二人で歩いてくるのにはちょっと遠いようにも思えてくる。

　やはり徳丸ヶ原団地の住民なのだろうか、と思う。二室で台所とトイレ、風呂のある部屋、それとも三室の広さの部屋の住まい？　一九七〇年代初頭の高度経済成長期に於けるサラリーマンの典型的な憧れの住環境であったのだったが、いまは子育ても終えて、子供達が他所に一人立ちしてしまった老夫婦か、ひとり老人が半数近くにもなっている高層密集住宅地になってしまっていた。その二部屋のどちらかの住居に住んでいるだろう、と思う方が自然だろうなと脳裡に浮かんできていた。それも子どももいなくて二人の生活で、定年が過ぎても七十歳ちかくまで働いてきて、コンクリートで造られた壁に仕切れている部屋で隣近所との付き合いもなく、日一日と朝食をし、掃除だ洗濯だ、昼食の次は夕食となる。ときには二人の会話もぼそっとあり、あとはテレビかラジオが室内を支配している。晴れた静かな日の夕方に徳丸ヶ原公園に散歩に出るのは日課のひとつになっていた。コーヒーを沸かしポットに入れ、敷物を持ち外出着に着換えると心なしかしゃきっとするのだ。公園の欅の緑葉に覆われた下は真夏日の夕刻の涼を受けるのにはとってもいい場所だった。それとここはときには運動場で高校生や大学生がグランドを走る練習もしているし、その男女の若い掛声を聴くと心が若返っていく気持になるし、ときには野球場で社会人だったり、高校生だったりが練習しているのにも出合うし、何よりも乳母車の母子、幼稚園から帰る親子、目の前を肩を寄せ合った恋人たちも通っていく、いろんな人たちに会え、その声に耳を傾けることが出来るのがとても心を和ませているのだった。

あのほんとうにおだやかな顔や自然な佇まいを観ているとぼくはそんな思いを巡らすのだった。

真夏日も終わりそうな日だった。いつもはこのベンチにまで来ると、前方のベンチに老夫婦が座っているのが多いのだが、その日はぼくとリンが腰掛けてリンが頬を嘗めはじめるとすぐ、老夫婦は誰にともなく小さくお辞儀をし、靴を履き敷物でベンチを拭き畳み、頭陀袋—どうしてもそう見えるのだが—に入れて肩に掛け、老妻の腕を支えて歩き出した。その先には朝顔の花の咲く寸前のようなラッパ形になっている六メートルほど高い噴水があり、三時ごろまでは幼児と母親たちが、そのラッパ形から勢いよく流れる水の下で遊んでいる姿が見られるのだが、この時間は噴水も止まり親子の姿も見えない。噴水に向かってゆったりと歩く老夫婦にひそかに揺れている緑葉の間から漏れた夕日の淡い縦縞が二人の背を橙色に染めていた。

さあリン、行くぞ、ぼくはリンを膝から下ろし、老夫婦の後を追うようにゆっくりと歩きはじめた。

徳丸ヶ原公園の舗道には欅の親指先ほどの大きさの落葉が薄茶色と茶色になってところどころに積っている。それと樫だろうか楢だろうか、丸いのや長細の団栗がけっこう散らばって落ちていた。リンはその団栗に鼻を付けて次に欅の積っている落葉にカサカサと音をたてながら押し動かしている。落葉の臭を嗅いでどうするの、と声を掛けるが、おかまいなしに鼻を押し付け落葉を嗅ぎ続けている。

いつもの散歩道を歩いていると毎回のように会う純白のスピッツを連れたこちらも白髪の婦人に会う。スピッツのリラはリンをみるとリードを引っ張って近づき尻の臭を嗅ぎ、リンが尾を丸めてぼくの足元で、助けて、とでも言うように仰ぎ見る。リラはもっと鼻を押し付けると、リンはいっそうぼくの足元で腰をおろす。リラが二度三度と声高く吠えると、いつもご免ねリラは吠えないのよ、と言って抱き、ご免ねリンちゃん、と白髪の婦人は去っていった。腰伸ばしベンチと懸垂ができる二段鉄棒などを通りすぎ、少しの間待っているんだぞ、とリンを横に置いて、今日は空いていた腹筋運動ができるベンチに仰向けになって十五回腹筋運動をした。いつも腹筋が終るまで横で待っているリンがいない。探すと舗道に出て落葉の積っているところで鼻を押し付けて臭いを嗅いでいる。枯葉の積っている奥にはリンが気になる臭があるのかも知れなかった。

リンとベンチで休む欅の小広場は落葉で茶色の絨毯になっていた。薄茶色と茶色の親指の先ほどの落葉が目を見張るほどの見事さで敷きつめられていた。公園の落葉を掃き集める人が今日はまだやっていないことに感謝したいほどでの秋の終りの光景だった。

　リン、今日はお爺さんが一人で来ているよ。ベンチに腰掛けてそう語りかけて、向い側のいつも定位置だった老夫婦のベンチを見ていた。三ヶ月かもう少し経つか、あの老夫婦に会えないでいた日々、どうしたのだろうかという想いに駆られていた。その間、リンに元気なんだろうか、どうしたんだろうね、と語りかけても、ウンともワンとも言わなかった。

老人は老婦人と一緒だったときと同じように敷物を敷き、靴を揃え、背広で正座し、カップに両掌で包み前を向いてゆったりと飲んでいる。隣の敷物には老妻が持っていただろうカップがちょんと載せてある。

　あの老婦人は病気で入院されているのだろうか、体調がおもわしくなくて施設に入っているのだろうか、それとも亡くなられてしまったのだろうか、と良からぬ想いがぼくの心奥を過《よぎ》っていった。

　その刻、一陣のつむじ風が吹いて、ぼくの座っている少し横からちいさく回転して落葉を巻き上げていた。そのちいさな渦巻がぼくと抱いているリンの躰に茶色の枯葉を散らして通りすぎ、向かいに座っている老人には少し強く落葉を巻き上げて老人の躰を渦巻きながら包み込んでいる。そこに茜色の木漏れ日がやさしくほんのりと輝き照らしていた。一瞬、落葉におおわれた老夫婦のおだやかな風貌なのでは、と思われる錯覚になっていた。落葉を巻き上げたつむじ風は欅の根元で落葉とともに消えていった。老人は自分のコップは右手に持ち、左の手の平は老妻のコップを塞いで、何もなかったように背広姿で正座していた。

　ぼくの心の奥はさわさわと波打っていて小さく身震いをすると、リン行くよ、と声を掛けて立ちあがった。

疵痕

浴室の洗い場で、小さな丸椅子に腰を掛けて伸ばしているぼくの右脛を、明日で四歳になる孫娘がさっきから脛毛のひとところをしきりに指で撫でている。

「なに撫でているの、ほらっ首をもっと上げないと目目にシャンプーが入るよ」

ぼくは両膝を少し立て、孫娘を挟み込むようにして頭を上に向けると、額に洗剤が流れないように指先で髪を洗っていた。撫でられている脛毛が皮膚と摩れてくすぐったく面映い感触だった。

「じぃい、じぃい」

孫娘は指の動きは止めないまま脛をぴしゃぴしゃと叩いて言う。一歳をすぎて言葉を覚えはじめたころからなぜか、じいじ、ではなく、じぃい、と言うようになっていた。

「なーに、ほら動かさない。目目が痛くなるよ」

白くやわらかく泡立つ髪を上から下へと軽く指先で梳いていった。

「ねえねえ、どうしてここのきずはしろいの。ここのところ?」

ぴしゃぴしゃっと叩かれ摩られる脛毛が、さっきよりももっと面映い。

「そこっ、そこはさ……」

ぼくは一瞬、何時の出来ごとだったか想い出すのに、声がつまってしまった。

脛に疵痕がある……、想いを巡らした。

普段の日常生活には何の支障もなくて、特別気にするようなことでもない疵痕だったので、孫娘に急に問われたからと言って、すぐには記憶が蘇るものでもなかった。

「そこは……」

ぼくはもう一度、声をつまらせて言いよどんでいた。

—その疵は……。十年も前に死んだ母の昔がたりで聞いたのか、それともひと回り上の長姉に聞いた話だったのだろうか?

樺太(サハリン)でさ、戦争に負けて少し経った頃だったと思うよ。父さんは四十に手の届く歳になってから兵隊に引っ張られていなかったし、おまえは腕白で、友だちと放し飼いの黒豚を小枝で叩いては追っぱらって遊んでいて、怒った黒豚に追いかけられて転んでつくった疵さ。医者なんていなかったから疵口がちょっと膿んで疵痕が残ったんだと思うど。

山裾を登る家の前には自然の溝川が澱みながら流れていて、斜面には古板でいまにも壊れそうな吹きさらしの小屋があって、その周りの雑草の中から大きな黒豚がのそりと顔を出す。腕白坊主のぼくらは小枝を持って豚の尻を、ホィ、ホラ、っと声を掛けて追いまわした。興にのってしつこく小枝で打って追うと、首がないほど太った黒豚は横向きになり、丸い大きな鼻穴をふくらませて、ぼくら腕白坊主を〝ウグ、ボウ、ブウ〟なんかそんな怒り声を発して目掛けて、のそりのそりと追いかけてくる。それが結構はやいのだ。ぼくは逃げ遅れて、道端の雑草が足に絡まって斜面を転げ落ちて溝川に嵌つた。その時に脛に疵をしたらしかった。その光景はぼくの記憶だろうか、いやそんなことはないだろう。たぶん血を流したであろうし、泣き叫ぶぼくは誰かに助けられたであろうし、でも、おぼろな映像としても浮かんではこないのだが、それだけではないぼんやりとした記憶らしきものが霞の向こうに揺らめいていた……。

「そこの浮きでている白い疵はさ……」

ぼくはひと息ついて

「――ちゃんと同じ齢ごろに、じぃい、は日本の遠い、とおーい国で生まれて、黒い豚を追っかけて、怒った豚に追っかけられて、転んでそれでできた疵さ」

果してそうなのか、ほんとうにそうだったのか……。孫娘の泡立つ髪を、頭のてっぺんからうなじまで指で梳いておろし、耳許で応えた。

「ぶたさんとあそんでいたの？」

「そうさ」

「くろいのいっぱいいたの？」

「ロシアの人たちが家で飼っていたから、沢山いたさ」

「じぃい、はロシアのおともだちともあそんでいたの」

「そうだよ」

ふっとこころに不安がよぎったが、ぼくはそう言い切った。

「へえ、おもしろいの」

孫娘は、いまでも血が通っていなくて白く浮きでている脛の疵のところを、玩具を撫でるように指を動かしながら言っている。

――母は、十五歳の姉と姉弟三人と二歳になったばかりのぼくを連れて、あの敗戦の日、樺太（サハリン）のソ連との国境の街・恵須取からソ連軍の攻撃を受けて一ヵ月以上ものあいだ山間地を逃げ回り、また恵須取の地に戻って生活をしていた。

ぼくの遊び友達は誰だったのだろう。近くに家があって、野山や川を駆け廻っていた腕白坊主たちの夕日に映えた一人二人の黒い後姿は見えるのだが、顔や表情は浮かんではこなかった。

——おまえは、ロシアや朝鮮の子らと青鼻をたらして、日が暮れるまで遊びほうけていたさ。朝鮮の言葉で話したり、ロシアの言葉で叫んだり、また日本の言葉にもどったり、ごっちゃになってさ——

多分そうだったのだろう。そうに違いないと思うのだが、腕白坊主たちの遊びのなかで、もやもやとした蟠りみたいなものがぼくの心の片端に渦巻いていた……。

ぼくは孫娘のシャンプーの泡立つ髪を、頭のてっぺんから耳許へと揉んで柔らかくし、もう一度やさしくうなじまで梳きおろし、

「さあ立って、シャワーで流すよ」

「ちょっとまって……」

痱高く声を張りあげ、目を瞑り、下を向いて可愛いふっくらとした両掌で顔をおおっている。

「いいか、いくよ」

「いいよ……」

頭髪のうしろからゆっくりとシャワーの湯をかけていく。少しずつ前髪へと移り、額から顔にシャンプーの泡と湯が流れる。

孫娘は何度も走るように足をバタつかせ、顔を両掌でこすり、

「もういい、もういいの‼」

と半泣きの声を出す。

「はい、終了。お利口でした」

タオルで顔を拭き、髪もゆっくりと揉んで拭きおろした。

孫娘は振り向き、目元に垂れている黒髪を指でふいっとうしろに流し、にっと笑う。

「ねぇえ、なかなかったでしょう。ほいくえんのプールでもなかなないんだよ」

得意気に口元をちょっとふくらます。

「お姉さんになったんだ」

「そうだよ」

肩まである髪を両掌で握り、うしろ手にする仕種は頬笑ましくもあった。

——日本の遠い国……。ふっと出たこんな言葉は孫娘の記憶の片隅に残るだろうか、残るはずもないのは分かり切っている、とは思っても遥か遠い国、敗戦の前は日本の領土であった地、樺太で生まれ、そこで遊んだことは語っておきたかったのだ。あの戦争に負けて六五年が過ぎ去って、極寒の地で一年間捕虜の生活を送った父が、六十の齢を三年ほど残して膵臓癌で急死してからも、すでに四十年の半ばをすぎている。遠い国どころか、ぼくですら父の面影や表情や声音すら忘れかけている。孫娘に語りかけたのではなく、忘れかけている自分の胸裡の欠落していく部分に呼びかけたのではないだろうか、そんな思いがよぎっていた……。

孫娘は風呂桶の縁に足をあげようとしている。あわてて両脇に手をふれると、

「じぃい、はいいの、じぶんで……」

抱えようとするぼくの腕を払い、孫娘は風呂桶の縁に両手でつかまり、躰をよじり左足をあげて桶縁に腹這いになって湯舟に足から辷り落ちていった。一瞬、危いっ、と声に出しそうになって風呂桶の縁まで上半身を前のめりにさせた。孫

娘の顔が目前に迫り、にこっと笑っている。

「ねえ、だいじょうぶだったでしょう」

「ああ、大丈夫だった。でも、じぃい、が一緒のときだけだよ」

「わかった」

応える口元まで湯につかり、ぶりぶりと音をたてさせて息を波打つ湯に吹き出している。ぼくも湯舟に入り肩まで躰を沈めた。湯が縁から吹きこぼれていた。

「じぃい、あのさ、あしをあげて」

「足を？　こうか」

立っている孫娘の脇腹の横へ、湯に浮かせるように右脚を上げた。湯の中で脛毛がゆらり、ゆらりと揺れている。

「やっぱりしろいきずがみえる。あしのもじゃもじゃがゆれて、ほらっ、きずもゆれて、おもしろいの」

撫でられている脛が痒くむずむずと疼いていた。湯舟の縁に首の後を凭せ掛けて天井を見ていた。電球の澄色に耀く真ん中のところが濃い橙になって湯気の立ち籠める中に浮かびあがる。その丸い中に二つの小さな後影が黒くぼんやりと映っている。脈絡もなく遠い記憶らしきものが瞼の奥から湧き起ってきた。

――ぼくが豚に追いかけられたのは、追いかけてはいけない大きな母親の黒豚だったのだ。腕白坊主だったぼくはロシアと朝鮮の子どもと遊んでいるときはいつも先頭に立っていた。それが戦争に負けていつの頃からだったろうか、名前は忘れたが、ロシア人の子どもがぼくの言うことを無視するようになった。そうすると朝鮮の子どもはロシアの子どもの言いなりになってしまっていた。そうなのだ、あの日もそうだったのだ。棒切れを振り回し、打ち合い、追いかける。ぼくは追いかけられる立ち場になっていた。逃げる先は破れ板の古い豚小屋で、大きな母豚と子豚が何頭かいた。棒切れで地面を打ち、振り回し、小屋の横の小径に逃げようとしたとき、母豚は子豚に危害を加えられると思ったのか横を向き小径を塞ぐようにして、目が見えないほど垂れ下がった恐ろしい顔をして、ぼくたちの方へ向かってどしりどしりと走り出してきたのだった。ぼくは後退りをし、振り返りざま走ったのだが、途中で雑草の蔓にでも足を引っ掛けたのか、前のめりになって溝川の川床へと転げ落ちて嵌ってしまっていた。そのとき向う脛を折れた枝か石にでも打って切ってしまったのだ。浅く流れる水のなかで、ぼくは脛の痛さと流れてくる赤い血を見て泣き叫んでいた。でも人は誰もいなく、恐ろしい顔をした黒豚の姿もみえなかった。盛り上がっている溝川の堤の上を赤茶色の大きな夕陽が丸く広がっていて、その真ん中を背の少し違う子どもの黒い後影が二つ遠ざかっていくのだった。ひとり置き去りにされたぼくの心象風景だった。

母は、おまえらは仲良く遊んでいたよ、と言うけれど、ぼくはいつの間にか戦争に負けた日本人の子として、親たちのいない遊ぶところでは無視され嫌がらせを受けていたのだ。あの不気味なほどの赤茶色い夕陽の中に浮かぶ影絵は、母や姉の知らない、ぼくのあえかな記憶だった。間違いは無い……。

額から流れおちる汗を掌でぬぐった。

「ねぇ、じぃい。——ちゃんもうあがっていい」

疵口を撫でるのも厭きて、湯舟でタオルに空気を入れて膨らませて遊んでいた孫娘が振り向いて言う。

「もう一回首まで入ったらいいょ」

「いち、にぃ、さん……おまけのおまけのきしゃポッポオーとなったらあがりましょ、ポォー。」

いつも言わされているのだろう。孫娘は急いで湯舟を立ち上がった。脇を両手で抱きしめ、洗い場におろした。

風呂場のドアを開け、

「——ちゃん出るよ」

台所に居る妻や孫娘の母親に声を掛けた。

「はーい、いまバスタオルを持ってすぐにいくね」

孫娘は風呂場から出ると、フローリングの床に滴を垂らしたまま台所に居る母親たちのところへ行った。

「——ちゃん、走らないのあぶないよ、拭いてから、拭いてから」

「ママ、あのねあのね。じぃい、のね、あしのもじゃもじゃのところにね、きずがあるの、そこだけしろくういているの」

「へぇ、疵が白いの?」

「そう、それでね。じぃい、はとおーいくにでうまれてね……くろぶたさんにね……」

ぼくは湯舟に首まで浸かり、孫娘が母親に得意げに訴える疳高い声を、瞼を閉じてじっと聴いていた。

着物

……はい、はい、十五分後ね、わかった。下のいつも車を止めているところね。それじゃ会ったときに、気をつけて」

息子からの電話らしい。

「いまから家を出るって、みんな一緒で……」

電源の入っていない炬燵に足を突っ込み、朝刊を読んでいたぼくの頭上から妻の声が聞こえる。あと十五分、急がなくちゃ、そう一人で呟くとスリッパの音をたてて洗面所へと消えた。

ぼくは、よいしょっと、一声を掛けて炬燵の上板に両手を乗せて立ち上がった。開ける機会がない洋服箪笥を開いた。会社を退職して七年ほどが過ぎていたのだが、箪笥にはまだ十着ほどの背広が吊るされていた。もうあまり着て外出する用事など無いだろうと半分近くは処分したつもりだったが、まだ未練がましく吊り下がっている。

夏服と冬物の背広を分けて眺めた、鼠、紺、茶と吊るされているのだが、掌で撫でるだけで取り出して試着する気が興らないでいた。

「背広でネクタイなど締めなくてもいいよな……」

まだ洗面所で顔をととのえているだろう妻に声を掛けた。

「そうね、孫たちの七五三なのだから、ラフな恰好でいいんじゃない。わたしたちは一緒に同行するだけだから」

低いくぐもり声が返ってきた。そしてドアを音をたてて閉めると、あっ、と声に出し、あと七分、急がなくちゃ、と居間を通り抜けている。

ぼくは薄茶色のカジュアルなハーフコートをはおった。妻は濃紺のスーツ上下と同色のコートに身を包んでいた。

十四階の玄関ドアを閉めた。三十二軒が並ぶ長屋式の廊下を十一月の風が冷たく吹き抜けていた。

陽射しが強い車道傍に息子の八人乗りのワゴン車がすでに停まっていた。

「おはよう。みんな元気だった」

妻は七歳を頭に二年おきに生まれた三人の孫娘たちと掌を打ち合わせている。

「今日はありがとうね。一緒にさせてもらって」

「こちらこそ朝早くにおねがいをして……」

助手席に座ったぼくの背中で妻と息子の妻が挨拶を交わしていた。

「九時半の予約なので、十五分くらいで着く場所だ。出るよ」

息子は後ろに声を掛け、発車させた。幹線道路に出て高速道路の高架下を抜け、ぼくの住んでいるI区と隣県の市と分岐させる小さな川の橋を渡った。住宅街を右折し左折を幾度かくり返すと急に三車線の道路に出た。

「これを右に曲がると小江戸と言われている街に着く昔からの街道。左へ行くともう目の前だ」

信号に目線を向けハンドルを握った姿勢で息子はぼくに話しかけてくる。

黄と青の薄色で塗られている建物が撮影スタジオだった。玄関の二重になっている自動ドアが開くとベージュの敷物と白壁の室内が明るく広がっている。息子家族五人と妻は受付カウンターへ打ち合わせに向かった。壁には着飾った乳児、幼児と家族、老夫婦などの大小写真が飾られていた。

室内の中央から右側は着物・ドレスなどが吊るされて六列に並べられていて、すでに幾組かの親子と老夫婦も一緒に観て廻っている。その奥は写真撮影になっていた。

息子の妻と孫たち三人が吊り下がっている色鮮やかな着物の列の中に埋まっていて、取り出したり、躰に試着させてみては、また元にもどす。そのくり返しをしている。妻はもどされた着物の位置を直したり、下の孫娘の背丈に屈んで頷いたりしている。

ぼくは隅で見ていた。息子が寄ってきて、

「いいの?」

と訊いてくる。いい、とぼくは応えて立っていた。別に嫌な訳ではなかったが孫娘たちと一緒になって着物の柄や好き嫌いを選ぶ、その行為が普通にできなくて、じっと観ているだけでいいと思っていた。もう三十分は過ぎていた。

スタジオの女性職員がカーテンで仕切られている出入り口から、

「はーい、怜ちゃん、萌ちゃん、咲ちゃん、着物が決まったらこちらに入って下さい。お化粧と着付けをしますよ。お母さんもどうぞ」

と孫娘の上から順に名前を呼んでいる。

「これからが長い、俺もいってくるわ」

息子も妻も化粧室に入っていった。カーテンの間から前に入った二組の髪を結っている姿が観えた。

ぼくは道路に面した壁の一面ガラスの休憩室の椅子に座った。なにもすることが無かった。直射日光を画面に受けて光って見ずらいテレビの画面をぼんやりと観ていた。音量も低く聴きとれにくかった。

二週間前に息子から電話があった。娘たち三人の七五三をしたい。記念写真と神社に参拝してから食事でもしよう。三人が揃うのはこれで最後だから、の誘いに、妻と出ることにした。

ガラスを通して後ろから照りつける陽射しは暑かった。画面が反射で観えないテレビをぼんやりと観ていた。突然に陽が陰って画面に〝戦争法廃止〟〝アベ政権を倒そう〟など色取りのプラカードと群集の姿が浮かびあがった。二ヶ月前に安倍政権が参議院本会議で「安保法制」を自民党・公明党が中心になって強行採決をした暴挙に反対して毎月同じ日に抗議行動をして二回目となる三日前のビデオだった。日曜日の週間ワイドニュースで取り上げてられているのだ。ぼくもその夜は胸の中の怒りが収まらなくて一時間ほど会場に参加して反対の声を張り上げてきていた。テレビの画面がまた陽射しに反射して観えなくなった。

開いているカーテンの隙間から三歳の孫娘の着物を着て髪を結い化粧をしても

らっている姿が見えた。目を閉じると、ふっと、そう言えばぼくも七十年ちかくも前に一度だけ着物を着たことがある。鮮やかな紅葉の柄だった。とおぼろげな記憶がうつろな脳裏に浮かんできていた…。

戦争が負けて二年がすぎた晩秋だった。樺太からサハリンに変わった国境の街、恵須取にも雪がうっすらと積もりはじめていた。ぼくたちは炭鉱跡地の木造住宅に住んでいた。市街地から少し離れた丘の山腹に建てられていた。ひとまわりも歳のちがう姉と兄はパーマ屋と鉄工所に仕事に行っていた。中の姉と兄は開かれはじめていた国民学校に通っていた。父はぼくが生まれて二ヵ月後、敗戦の二年前に老兵として狩り出されたままだった。

その日も前の晩に降った雪が一面を白くしていた。母はフレップのジュースやジャムをつくる工場で働いていた。帰りに黒パンを裸のままで脇に抱えてきたのを台所の俎板の上で、よいしょっと、と切り分け、ジャガ芋とキャベツの青葉が入ったスープを飯台に並べた。ぼくは母の目を上目使いに盗んで、硬い黒パンをやっと指でちぎり、スープに浸して食べていた。母は切ってある黒パンをそのまま頬張っている。ちょっと酸っぱ味があっておいしいとは思えなかった。

「尊《たける》、食べ終わったらフキちゃんの家へ行くよ、片付けるのよ」

母はぼくに言いつけ、二部屋しかない寝部屋に入っていった。

ぐにょぐにょになっている黒パンとスープを飲み込んで、茶碗と箸を板の流し台に置いた。洗ったあとの水などが流れる穴から冷風が顔に吹き込んできた。右に置かれている水桶から柄杓で水を汲んで飲んだ。頭がきぃんと鳴って、ひとつ身震いをした。

フキちゃんの家はぼくのところから坂を下って道路から奥に入ったところにあった。フキちゃんはぼくより少し背が高く、近所の男友だちなどとも隠れん坊などをして毎日のように遊んでいた。小父さんは時々わからない日本語を話すが、小母さんとは普通に話す三人家族だった。母とはフレップ工場で一緒に働いていた。

こんにちは、と声を掛け、玄関の板戸を開け土間に入っていった。母はそのまま居間に上がると、

「遅くなったけどね持ってきたわよ」

風呂敷を板間に広げた。

「悪いわね。急がなくてもいいのに」

板間に膝をついて開けている風呂敷をのぞいている。折り畳んである着物が出て

きて広げると薄黄に紅葉が散りばめられている。

「わぁ、きれい、ほんとうにいいの」

小母さんは両腕を胸で交差させ躰をよじっている。ぼくとフキはそんな小母さんと母と着物を見ていた。

「いいのよ、もう着る子もいないし、持って引き揚げる訳にもいかないのだから」

「いつ日本に帰るの」

「わからない。通知が来た訳ではないし、噂だと来年の春だと聞いているけれど…。朴の木下さんたちは?」

「朴じゃなくて、木下でいいのよ。朝鮮人は独立した国民だから日本への帰国はできないのよ。父母は強制されて日本に渡って、私は日本で育って日本語しか話せないのにね…」

「フキちゃんも一緒ね」

「そりゃあそうよ、真夜中に笹藪を逃げまどってやっと豊原駅に着いた次の日に、戦争が終わっていたというのに、ソ連の飛行機に機銃掃射されて、倉庫の壁に集団で張り付いていたのに、フキの母親はフキをわき腹に抱え込んでいて、事切れていた。フキには親類はいないの、父親は兵隊に行ったままだしね。だからフキは愛娘、家族なの、私のだいじなだいじなね」

「そうよね、みんなね、あの逃げたときは……」

母はそう応えて着物を伸ばした。

「さてっと、フキちゃん着物を着るのよ、お母さんに着せ方を教えないとね」

着物の袖を広げて近寄る母に、フキは首を横に小さく振り、下から盗み見るように、視線をよこしている。目を細め眉根を寄せた顔はまるでぼくに助けを求めている様子だった。

「フキどうした。きれいなべべじゃないか」

母は着物の両肩を摘まんでフキに近づき
「フキちゃん着てみよう。小母ちゃんじゃ嫌なの」

フキちゃんは上目使いに後ずさりしていった。

「どうしても嫌なの、わかった。尊、かわってここにたって。木下さん着付けの仕方を教えるわね」

ぼくの肩を持って横に立たせた。ぼくはフキちゃんの目から離れられず動くことができなかった。それからのぼくは母と朴の木下さんの小母さんの着せ替え人形のように、片手や両手を上げたり、右にまがり左に体をよじり、背を伸ばしたり、言うがままの姿勢をとらされていた。

――フキは何故、あのとき、着物を着せられるのをあれほど嫌ったのだろう、それがぼくにはわからなかった。

あれから七十年ちかくも過ぎた。フキはサハリンのどこかの街で孫達に囲まれた生活をしているのだろうか。幼時の悲しそうな表情でぼくを見詰めてきたフキの顔しか浮かんではこなかった――。

背中をつんつんと押されている。陽射しのなかでうたた寝をしていたらしい。

「終わったよ、次は写真」

息子はそう言うと奥を指差した。ぼくは頷き、両頬を軽く掌で打ち、立ち上がった。

写真室ではすでに撮影が始まっていた。若い女性たちの年齢は見当もつかないのだが、着物の裾や手などの位置を直す助手とカメラのシャッターを切る二十代と思われる二人の女性がてきぱきと動いていた。

黄の色調で着た三歳の孫娘は緊張して直立している。はーい、お母さんが近くにいるわよ、お姉さんの手のパンダを見て、動くでしょう。大きな声で語りかけシャッターが何度も切られている。

うす青い色が好きらしい五歳の孫娘は正面のカメラに向かって瞬きをしないでいる。裾をちょっと合わせて、そうそう、顎を少し上げるといいかな、そうバッチリよ、シャッターの音が鳴り響いている。

そう言えば、息子の時は共働きでやっと2DKの団地に入居できて、第一次石油ショックが吹き荒れ、祝い事などできなかった。息子は移動しながらビデオカメラを撮っていた。

七歳の孫娘は着物を緋のトーンでまとめている。髪飾りに指を添え、少し恰好をつけているのか右足が前に出ている。はーい足を揃えて、やっぱりお姉さんだね、笑顔がとてもいい、そう言いながらシャッターを五回六回と押していた。

次は三人でね。もっと寄って。そうそう、お姉ちゃんは少し左に向いて、巾着はもうちょっと持ちあげて。わあ上手、Vサインをしたのも撮ろうか、わあ、いいね、終りっと、シャッター音が止まった。あとは息子たち家族五人が少し緊張して、顔はほんのりとにこやかにして撮影が終わった。

車内は化粧した着飾った孫たちとその母親と妻たちが、にぎやかに撮影のときの話に花が咲いていた。

「着物はいつ返すの」

「明日までにまとめて返せばいいんだ」

息子は幹線道路から左折して住宅街の道路に入っていった。

「あと十五分、十一時半に神社に予約してあるんだ。先週の十五日は駄目で一週間おくれの日曜だ」

「予約って宮参りか」

「五歳の祝いは男の子と言うけれど、三人が一緒にするというのはこれで最後だから……」

欅や杉の高樹が並ぶ境内の横を抜けて、学問の神様といわれている名の神社に着いた。道路の右が神社、左が住宅と社務所になっているらしい。玄関の引き戸を開け声を掛けると、白装束の女性が出てきた。

「お待ちしていました。今日は主人は別神社へ行っておりますので、私が行います」

眼鏡を掛けたふくよかで大柄な女性だった。今は男女にかかわりなく神主はいるらしいのだが、ぼくは初めてであった。

石柱の鳥居をくぐると、左右に年数の経った注連縄が巻かれている公孫樹の大木が聳え立っていた。正面参道は公孫樹の黄葉で埋まっていた。孫たちは枯れ葉の音をたてて歩いているが、着物を着て草履だと内股になっているのが、何となくおかしかった。賽銭箱の横の階段を登り室内に入ると、板台と低い椅子が四列並んでいる。一番前に三人の孫娘が座り、息子夫婦、ぼくと妻が座った。ひんやりと冷たい室内に女神主の低い祝詞が響いている。祝詞の内容は理解できなかったが、ときどき神神の名前が聴こえていた。足元から冷えがのぼってきた。孫たちの尻も少し動きはじめていたときに、正面の神棚にむかっていた体を反転させて孫たちと向き合い、祝詞をとなえながら白い紙を束ねた棒、御幣を振り、孫たち一人ひとりの名前を言い、すこやかな成長と穢れを祓っていた。最後に神棚に向かって一礼すると神主の祈願が終わった。

階段を下り、神殿に一礼をして、みんなで伸びをする、笑顔が戻ってきた。

「公孫樹の下で写真をみんなで写そう。はーい、並んで並んで、母さんも父さんも」

じぃいは萌えのところ、ばぁあは咲のところ、千歳飴を翳す孫たちの声に急かされて間に立った。

「今度は俺が写す」

息子からカメラを受け取りファインダーを覗いた。急に強い横風が吹いてきた。公孫樹の黄葉が蝶のようにくるくると孫娘たちの頭上を無数に舞っている。ぼくは思わずシャッターを切った。息子の背中が目の奥に焼きついていた。

馬鈴薯皮の飴

　文化の日をすぎると、ベランダのガラスドアを通して部屋には淡い陽射しが広がっている。かすかに風が吹いているのか、乾かしている洗濯物の影がゆらりと揺れて足許まで伸びている。息子たち家族が来るということなので部屋に掃除機を掛けて、夏はテーブルに冬は炬燵にもなる七、八人が囲んで座れるテーブルを準備したばかりだった。七十の声を数年前に聴いてからは二部屋と居間兼の台所の狭い居室に掃除機を掛ける小一時間で腰と背中に疲れがたまり、終わると、今日一日の仕事はこれで終了、とばかりに座椅子に休んでいたのだった。

　台所からは俎板に包丁を打つ音を響かせ、煮物の甘辛い匂いが鼻をくすぐっている。

「何時に来るんだっけ」

「何？」

「いや！　いい」

「孫二人は一時すぎ。さっきも言ったでしょう」

ちゃんと聴こえているじゃないか。ぼくは口の内で呟くと、ベランダの外を眺めていた。外は青空に浮かぶ羊雲が漂っているのが見えた。座椅子に腰を下ろし視線を落とすと隣棟の屋上が視界をふさいでしまった。ここは団地の最上階、十四階の一室だった。ただぼんやりと眺めているとベランダにはふいに来客が来る。小さな影がすっと降りると、目前の床に止まる。雀だった。可愛いつぶらな瞳を左右に振り、ちょんちょんと両足で跳ね歩く。餌があるはずもないと思う床に一、二度と嘴を打ち、また瞳を左右に振り、ちょんちょんと跳ね歩き、手摺に跳び乗り、飛んで行ってしまった。

ぼくは立ち上がると台所で小首を傾げ、ふっと息を吐いている妻に、

「何か手伝うことがあったら言って」

と声を掛けた。

「とくに無いけど……。先生から送っていただいたジャガ芋をポテトサラダにしょうかな、いいわよね」

ああ……。ぼくはそう声に出すと、今度は炬燵の布団に足を伸ばした。

五日ほど前に、中学の三年生のころに一年間を共に生活をしてお世話になった先生から送っていただいた馬鈴薯だった。お元気ですか、いつも変わらぬ秋の味覚です。と短い添え書きがあった。もう五十数年も前になるが、北海道のほぼ中央に位置する占冠村下苫鵡に、樺太の引揚者で開拓農家として家族が入植していたときであった。ぼくは初めて大学を卒業したばかりの先生に習ったのだった。それからは年賀状のほか、年に二、三度の手紙と贈り物が続いていた。

そろそろお歳暮の内容も考えないとな、と心の内で呟いた。

音を絞っているチャイムが鳴った。

あっ、来た来た、妻はエプロンで両掌を拭きふきスリッパの音を立てて玄関に向かった。ドアの開く音がして、いらっしゃい、いらっしゃい、と妻の疳高く迎える声は響いてくるが孫娘たちの声は聴こえてこない。板間を踏む足音がして、背負いのバッグを尻の下まで垂らし、ただいま、と快活な声で居間の炬燵から見上げているぼくに応えた。頬が笑っている。

「サッカーは無かったのか」

「部活は午前中で終わり」

バッグを部屋の隅に置き、手を洗ってくるね、と洗面所へ行く。中学二年生になる次女の萌は三姉妹のなかで快活な子だ。二歳下の妹の咲はのんびりと入って来る。おお、いらっしゃい、と言っても、ぼくには聴こえない小さな声で、ただいま、と口の動きでやっとわかるように応えて、口許に笑みを浮かべている。萌のバッグの横にきっちりと並べて自分のバッグを置き、咲も行ってくるね、と台所の妻に声を掛け洗面所に向かった。蛇口から流れる水音と嗽をしている音とくすくす笑いが聞こえてくる。

孫娘は炬燵布団を捲り上げ、並んで足を入れている。電気を入れようか、と言うと、いい、と二人が同じ仕種で首を横に振った。

「コーヒー牛乳とお煎餅。これはザラ煎、こっちは塩煎餅よ。おいしいよ」

妻の手の動きを見ながら、ありがとう、と二人の小さな声が重なって、手が伸びている。

「もう少ししたら蒸し芋ができるから待っていてね」

こくり、と頷く孫娘の揃う姿態に、ぼくの頬が自然にゆるんでいた。

萌が突然、やった！　と奇声を発して笑っている。手元には二年生になってやっと買ってもらったスマートホンを一心に見詰めて両指はこま鼠ように動き続けている。咲は姉のその姿を気にするでもなく、漫画の単行本に視線を落とし、動く気配はなかった。

ぼくは炬燵の向かいにいる孫たちに声を掛けるのも躊躇われて、さっき目を通していた二日分の新聞を取りあげ、広げた。米国大統領の娘の補佐官の来日が大きく記事になっている。モデルをしていたというその美しい姿態に特別待遇をしている総理の姿もある。大統領も明日来日予定であるらしいが、人種差別や北朝鮮を武力で抑圧しょうとする戦争武力者を、腰巾着そのもののように追随する日本の総理に怒りが胸底から湧き起ってくる。戦争だけは絶対に嫌だ。ぼくは腹の奥にそう言い聞かせていた。

「さあ、出来たよ。テーブルの上は退かしてね」

大きな皿に半分に切っている男爵芋の蒸したのが山盛りになっている。湯気がゆらゆらと揺らいで昇っている。

「じぃい、がね、萌ちゃんくらいのときに北海道でお世話になった先生から送っていただいたのよ。熱いから小皿に分けて……」

「ばぁあ、熱い」

「スプーンで、お塩、バター、イチゴとブルーベリーのジャムと好きなのを挟んで食べて」

「皮がついている、剥くんでしょう」

「皮もそのままで食べられるわよ。今年収穫した男爵だから」

「本当？　」

「食べてみてごらん、おいしいわよ」

萌と咲は、芋の真ん中にバターを塗り頬張っている。ほくほく、熱い、うまい、そんな言葉を言い合って食べている。馬鈴薯の皮の付いた男爵の半分を萌は口に入れて噛みはじめたとたん、チリチリ、と言い手に取ったチリ紙に吐き出した。

「ばぁあ、やっぱ苦いよ」

その萌のいまにも泣きそうな歪んだ顔を、ぼくは何処かで観た記憶がふっと蘇ってきた。馬鈴薯の皮、苦味、歪んだ顔、女の子……。ずっとずっと遠い時間が過ぎて、ぼくもまだ幼いころのあえかな記憶を引き辿ると、海もそれも船の上だったように思う……。

日本が戦争に負けて三年目、ぼくが数え五歳になった夏だった。ぼく達は、母、姉二人、兄二人ぼくは四男になるが、すぐ上の兄はぼくが生まれて半年後に栄養失調で亡くなっているから、六人家族が、敗戦までは樺太と呼んでいた島、そのソ連との国境ちかくの恵須取という街に住んでいた。父はぼくが生まれてほどなく、老兵として出兵し、行方は分からなかった。父が兵隊であったということもあったのだろうか、恵須取では早目の引揚げ家族として認定されていた。船が出航する真岡街まで馬車と汽車で行くのだが、その数日前は十三歳上の姉と母は上着の襟などにお札を目立たないように縫い込んだり、最低限の日常生活に必要な鍋やアルマイトの食器類などをまとめていた。残った家財類は同じ長屋に住んでいる朝鮮の知人に引き取ってもらっていた。別れの荷馬車に乗ると、別れるの辛いよ、悲しいよ、と手を離さなかったが、動き出すと、アイゴ、アイゴーと大きな声で泣き叫んで追ってきていた。彼女らはたとえ朝鮮半島から炭鉱労働者として強制的に連れて来られた家族であったとしても、敗戦後は外国人として日本への引き揚げは許可されなかった。ぼくは布のカバンに冬物の衣類と下着を数枚入れて背負った。ズック靴は新しかった。真岡の港に数日引き留められ、それから一～二日かだろうか、函館の港の海に着いた。

港に着いた日は引き揚げ船の甲板は大人たちで一杯になっていた。手を振るもの、大声で帰ってきたのを知らせるもの、やっと着いたと泣きくずれる小母さんたち、ぼくは不思議なおもいで眺めていたが、大人たちの股間を潜って外の手摺に掴まって函館の街を見た。船は停まっていたが黒い家並みは遠くで太陽に照らされていた。

「明日は上陸できるだろうな、きっと」

返事と野太い声がぼくの頭上から聴こえていた。

それから何日になるのだろう。引き揚げ船は上陸を許可されることなく港に碇を降ろし停まったままだった。

ぼくたちが寝泊まりしていた場所は、寝静まると波打ち音がかすかに響いてくる船床だった。真ん中は鉄板で両方には薄い敷物が敷いてあり、そこにやっと家族が横になれる広さに並んで日々を過ごしていた。大勢いる子供たちは退屈になると、隠れん坊をするのだが、通路を走って小父さんや小母さんに、静かにしろ、この餓鬼ども、と怒鳴られたり、しょっちゅう拳骨をもらっていた。ある日の隠れん坊で、同じ遊び友だちのヤスとトシは鬼になって、何故かカズちゃんとぼくは二人になって船の後方の通路に逃げ、カズちゃんが先頭でロープを潜ると少し開いていた部屋に入った。油の臭いがし機械の音がしていた。そこに居るのは誰だ、と船員にみつかり、カズちゃんの小父さんのところへ連れていかれた。

「馬鹿者、女のくせに危ないところへ行く奴があるか」

小父さんは船員に頭を下げて、カズちゃんとぼくの頭に拳骨の目玉がとんできた。

だってタケルちゃんが行こうと言って……、そう言いながら噦り上げている。ぼくはじっと俯いていた。そんなことがあってから、カズちゃんは遊んでいて不利になると寝床から父親のバッケルの付いたバンドを持ってくるようになった。父子家庭の引き揚げ者だった。

何日も上陸の連絡はなかった。その日の昼食に馬鈴薯の蒸したのが出た。大きさはいろいろとあるが一人二個の割当だった。こんなことで何日まで待たせる気だ、いったい、などとふつふつと不満の声が、あちこちから上がっていた。ああーあ、と諦め声で横になる声も聴こえていた。母は冬の衣類の繕いをし、姉二人は下着の洗濯ができる日なのかいなかった。兄たちは所在なげに横になっていた。

そんな日の午後に船内放送があった。これから甲板で〝兎と亀〟の紙芝居をやります。終わったら、食事をつくっている小母さんたちが一生懸命になって〝馬鈴薯皮の餡〟をつくりました。小学生から下の子どもたちは甲板まで集まって下さい、との放送だった。ぼくは小学生の兄ちゃんと甲板まで階段を昇って行った。

甲板にはいつもの遊び友だちや、乳児を抱いた母親たちが四重にも五重にもなって紙芝居の前にしゃがんでいた。

子どもたちへの慰労の紙芝居は顎髭の伸びた老人のゆったりとした語り口がよかったのか、頁を差し替える度に拍手や笑いが興り、特に亀が眠っている兎を追い越すところでは、応援する声と鳴り止まない拍手だった。

紙芝居が終わると、その横のドア前で三組の小母さんたちが、盆に入った飴を配りはじめた。

「ちゃんと並んでね、急がないでね」

そう言いながら茶色っぽい黄金色に輝いて見える、ねっとりとした飴を竹箆で掬い熊笹の短い茎でくるりと巻いて一人一人に手渡している。

「笹で口を突かないで、落とさないで」

と声を掛けている。ぼくの前でもらった飴を口に入れているカズちゃんの顔の口許が歪みはじめ、あま苦い、と言いながらも飴は口の内のままで、目尻まで引き攣っている。ぼくのは甘かった。笹茎に巻かれた皮飴を口に含んだまますぐ上の兄ちゃんと一緒にデッキの柵に寄りかかって街を見た。甘苦い香りが口内を満たしている。

「いつまで、船の上に留めるつもりかな」

「もうひと月をすぎたろう、疫病が発症しているらしいが」

そう話す小父さん達の視線は、遠くの山裾まで広がっている函館の街並みだった。

函館引き揚げ援護局から上陸の許可がおりたのは数日後のことだった。

「ねえ、じぃい、おきて。怜ちゃんのダンスに行くよ」

萌の声でうとうとした眠りから目覚めた。新聞を開いたままうたた寝をしていたらしい。

「パパとママたちは」

「パパは準備があるからって怜ちゃんと一緒、ママは昼まで仕事で、ダンス会場へ直行です」

そうだったね、とひとりごち、行くわよ、と呼び掛ける妻の声にひきづられて、小物入れのポシェットを肩から下げている孫娘の後について歩いた。

「ばぁあは、もう萌ちゃんや咲ちゃんに追い越されそう。ほら耳の上までもある」

孫たちと肩をならべて弾む足どりで話している。ここまで、ここまで、と言うような仕草で、掌を肩から首、目許から頭まで、交互に競い合うように上げている。笑い声も聴こえていた。高層団地を抜けると風に乗ってリズミカルな音楽が聴こえてくる。通りの右に公民館があり、左には三階建ての図書館があった。入口の前側が広場になっていて、そこが地域の文化フェスティバル会場だった。芝生には百席ちかい椅子が並べられ満席になってい、外側に数十人が立っていた。そこにビデオカメラをいつでも撮れる体制で息子夫妻も立っていた。コンクリート面の舞台では赤と黒の上下を着た女性たちが速いリズムの音楽に乗せて踊っていた。

「次が怜の学校のダンスだ」

息子は撮影の準備でレンズを覗いている。

怜は小学生のときから近くのヒップホップダンスのクラブに通っていたから、都立の高校生になってもそれなりの中心になって踊るだろうと、ぼくは思っていた。高校のクラブ紹介が終わり、三年、一年、二年、そして全体でのダンスとなる。怜は、一年の部で腿が切り裂かれているジーパンに絵柄のシャツを着て激しく打ちつけるリズミカルな音楽に乗せて登場した。四人が並んだ三列の真ん中が怜だった。リズムに合わせ足や腕をくねらせ、跳んだり、首を回し腰を捻る、激しい動きだった。ぼくは鳴り響く音楽には付いていけなかったがリズムで動く踊りには少し理解できていた。

怜たちのダンスが終わると、後片付けを手伝う息子を残して、息子の妻と五人で会場を後にした。三月の末ころは桜のアーチが見事にできる並木の葉も赤茶色に染まり、ひらりと足許に音もなく散っている舗道の落葉を踏みしめて部屋に向かった。

Ⅱ　エッセイ

田宮虎彦『花』に

田宮虎彦が一九八八年四月九日、自宅の十一階のベランダから自らの身を投げ、生を断って、はや二年近い歳月がすぎようとしている。その日の夕刊で知ったぼくは、言いしれぬ思いに心を締めつけられていた。ぼくは団地の十四階に住んでいる。夜半、ベランダに出ると、街灯で薄白く照らされている樹々の緑と地面を眺めおろしていた。風があるのだろう、揺れる黒緑葉の流れが、闇にならない団地の夜の世界で、ふつふつとぼくに語りかけてくるのだった。なぜなのだ、どうしてなのだ、ぼくは心の内で呼びかける。田宮の小説世界では「足摺岬」などはあるものの、そうやすやすと、アイドルが投身自殺するような柔な精神をつくりあげてきたとは思えないのだ。それと疑似軍隊の真似をして、ショー的な割腹自殺をした作家と本質的にちがうはずであった。もう一度、どうしてなのだ、と呟きながら無念の想いが心を浸していた。

ぼくはけっして田宮虎彦のいい読者とはいえない。それでも幾冊かの文庫本は持っている。「霧の中」「異端の子」などの短編を読みはじめた。しかし、もう二十五年ほども前になるがぼくが、学生の時に心の奥を満たしてくれた小説がどうしてもみつからなかった。数日後に数軒の古本屋をまわった。新刊書店にも行った。ぼくが捜している本ばかりでなく田宮虎彦の小説はほとんどなかった。一～二ヵ月後の月刊文芸誌にも、田宮の特集は組まれなかった。「新潮」（八八年六月号）で青山光二氏が哀悼を記しているだけだった。田宮虎彦という作家はもう忘れ去った、全集のなかでしか読むことのできない作家なのか、と思うと悲しかった。

ぼくが読みたいと思っていた小説は「花」という中編小説であった。数カ月後に友人からやっと借りられた。昭和三十九年二月の発行であるから、ぼくが上京して一年すぎたときであった。ぼくが北海道の開拓農家の出身ということもあるだろうが、「花」はぼくにとってどうしても忘れられない小説であり、田宮虎彦の作品群のなかでも代表作のひとつだ、とぼくは思っている。

千葉県房総半島の安房郡一帯は、大正末期から花の栽培が盛んであった。太平洋戦争が切迫した敗戦へと近づくにつれて、国家総動員法、食糧管理法が発令され、花の生産は制限から禁止へと追いやられる。花畑はもちろん、畔、庭にさえも花は消えてしまうのである。枝原はまを主人公に、家族、隣家、農家、地域のかかわりと、花農家としての日々の仕事、花を愛する心と戦地へととられた夫、長男への複雑な想いをも、田宮はひたすら描いていく。日本の花農家が、時の政治によって、とくに戦争につきすすんでいく荒波の中で、人間はどう生きていかなければならなかったかを、きめ細やかにかたくなまでのリアリズムで描出されている。そこに感動してぼくは二十五年間忘れないでいたのだろうと思う。

ところで、昨夏「花」が「花物語」となって映画化された。ぼくは小学校三年になる娘と映画館へ観に行った。娘はどこまで理解したかどうかわからないが、観終った帰りに「花は心の食べものなんだよね」という。いまでも娘と風呂に入ると、「向こう横丁のタバコ屋の……」と「花物語」でうたわれた歌をうたう。まさか親父にごきげんをとっている訳ではないだろうな、と考えつつ、花を造る、花を愛する心は忘れないでいてほしい、と思っている。

短編小説に心血を注いだ作家
―三浦哲郎氏を偲ぶ―

地上四十メートルの高層マンション北側の窓を開けると、アブラゼミの合唱が吹き上がってき、ツクツクホーシ、ツクツクホーシとツクツクボウシのリズミカルな鳴き声が響音になって届いてきた。猛暑が続いている日々のなかにもセミの生態変化があり涼しげな風もそよぎはじめる季節になったのだ。

三浦哲郎氏がうっ血性心不全で八月二九日に逝って、はや一年がすぎたことになる。昨年の夏の終わりも猛暑が続いていて氏の逝ったのをテレビの報道で聴いたのは、セミたちの大合唱が奏でられていた日だった。

文芸雑誌に氏の名前を観ることがなくなって久しい。体調がすぐれないのは知っていたが、随筆集『おふくろの夜回り』を発刊したばかりであったので、〝まさか〟という思いと、〝無念〟という思いが心の胸奥を駆けめぐっていた。

氏の作品との出会いはもう五十年も前のことになる。ぼくは当時、北海道の中央に位置する南富良野高等学校（定時制）の二年生で、荒れ狂う雪の多い凍《しば》れる頃だった（今は映画「鉄道員《ぽっぽや》」の撮影現場となった幾寅という街である）。

その幾寅駅の構内に入る手前に鉄橋があり、盛り土の上が鉄路で坂道になっていた。坂道の下に伊藤商店という名の雑貨屋（いまのコンビニエンストアだと思えばいい）で午前中は御用聞きで家々をまわり、米や酒、醤油や味噌、東子の果てまでも注文をとり、午後は配達して届けるという丁稚小僧をしながら夜の学校へ通っていた。朝昼夕の食事があり月二五〇〇円ほどの賃金で、休日は正月一日とお盆に一日だけだった。学校指定の寮費は一ヵ月五〇〇円の〝春望寮〟から通っていた。朝の七時から店の掃除をし、棚に澱粉や塩、食用油から笊類まで何でも並べた。朝のその時間は富良野市に汽車で通学する全日制の女学生たちが店先をお喋りしながら通るのを、ぼくは店戸の内側からそっと眺めていた。

そんなとき店主が購読していた『文藝春秋』という月刊誌をなにげなく捲《めく》っていると、第四十四回芥川賞受賞「忍ぶ川」の頁が目についた。芥川賞がどういう賞なのか知らなかったが、小説であることは理解できた。賞に対してもひっそりとしか宣伝されていなかった時代であった。ぼくは倉庫の掃除をするときなど米俵や酒壜の木箱などが積んである片隅で「忍ぶ川」を拾い読みをしていた。

主人公である学生の豊かではない、家族に翳りのある生活でも、一途な生き方と彼の恋人となる志乃との清純な愛の描き方に、ぼくは胸を高鳴らせて読んでいた。家族だけで結婚をした初夜、雪道にりんりんと響く鈴の音を、裸の二人が一枚の丹前にくるまって二階の廊下の雨戸から見送る情景は、いつまでも心の奥底に残りつづけていた。

上京後に新聞配達のアルバイトをしていたある朝「繭子ひとり」という題の連載小説が目についた。大都会でひとりで生きていく繭子をぼくは毎朝たのしみにするようになった。けっしていい読者とはいえないが、氏の作品を本屋で目につたら買うようになった。『野』『拳銃と十五の短編』、長編では『海の道』『白夜を旅する人々』などあげていったらきりがない。

氏は短篇の得がたい作家であった。晩年はとくに原稿用紙十枚そこその短編を書き続け、総タイトル『モザイク』と題して、「みちづれ」「ふなうた」「わくらば」と五十九編を三冊の単行本として刊行していた。氏は『みちづれ』のあとがきで「長大な作品よりも隅々まで目配りのできる短いものの方が自分の性に合っている／いつの日か百編を擁する短篇集にしたい」と書いている。

ぼくはこれらの短編群と未収録の三編をまとめた『定本　短篇集　モザイク』

（新潮社刊）を手にとって気持を静めながら読みはじめた。どの作品の題名もひらがなとカタカナで表記されている。

「白菊、一本、二百六十円。少々高いような気がするが、これが最後だから、いつも通りに十本買って、花束とわからぬように紙ですっぽり包んで貰う」。「みちづれ」のさりげない書き出しだ。先客の老婦人も同じように花を買っている。彼はあと一ヵ月で廃止となる青函連絡船に乗る。何十年も前、彼の誕生日に肉親のひとりの姉が海峡に身を投げた。年中行事の墓参りなのだ。海峡の中程に差し掛かったとき、彼は船室を立ちデッキの階段を昇ろうとすると、老婦人が降りてくる。手に花束はない。擦れ違ったうつ伏せぎみの目差しにみちづれを見るような親しみを感じている。

「市兵衛は、八十歳になるまで、傘寿という言葉を知らなかった。」と書き出される「ふなうた」は味噌造りの家業を任せている総領息子と一族が顔をそろえて、傘寿の祝いをしている席上で、小学生の孫娘がチャイコフスキーのピアノ曲の「ふなうた」を弾きはじめる。市兵衛の軽い脳梗塞を起こしている脳奥のロシアの「ふなうた」とはまるで似ていなく歌声もない曲だった。昭和二十年八月十五日の夜、陸軍中尉だった市兵衛らはソ連兵の追撃にあい、バイカル湖のハルハ川道端の草叢にひそんでいた。ソ連兵の一団のなかから〝エイコーラ、エイコーラ、ラン、ラン――〟と天に谺を呼ぶような朗々とした美しい歌声が響いて遠ざかっていく。なんとかの〈ふなうた〉ってんだ、との囁きを、戦場であることも恐怖も忘れて耳を澄ませていた。

「わくらば」は白樺の梢から降ってくる黄ばんだわくら葉に、風呂場での老父の背中を想い出す。四十年近くも前に、文筆で暮らしを立てようと志し、忽ち貧窮に陥って体をも損ねたわたしは、東北に住んでいる父のもとへと転がり込んだ。父は二十年あまりの間に六人の子をもうけたが、そのうち二人は先天性の障害があり、子育てにはさんざんと梃子摺った。その結果、親の責任という訳ではないがむざむざと四人の子の命が失われることになった。そんな父と銭湯に行った。湯を流す父の皮膚は茶色いしみが濃淡のまだら模様を作っていて、細い紫色の血管が葉脈のような線条を描いて走っていた。

どの一編から読みはじめても、日常のごくありふれた生活を平明な文体で描かれているが、そこには経てきた深淵な人生の襞々が横たわってい、その情感と時代の現実に埋もれてしまうような哀感や生命へのあふれる躍動が、ふつふつと湧き起こってくるから不思議だ。

そういえば氏に『おろおろ草紙』という長編がある。東北地方を襲った天明三、四年の大飢饉の惨状を足軽の次三男で結成された鉄砲十六文隊の最年少の隊士である立花十郎の目を通して描いた小説である。飢餓により餓死者の肉を食して生きのびた現実が、村の日記などに記録されているらしいのだが、小説を書く場合、その判断をするとき、作者の勇気と覚悟が必要となる。少し長文になるが氏自身による、何故この小説を書くにいたったかを説いた文章を記す。

——私は、共食いを肯定する立場でこの作品を書いた。私は、一般的にいって、死にたくない、もっと生き延びたいという人間の願いは想像以上に強く激しいものだと思いたい。人間が生き延びるために、食えるものはなんでも食ってしまうのが、むしろ自然なことのように私には思われる。石にかじりついても人の肉をむさぼっても、飢えなどに殺されてたまるものか——そういう人間に、私は加担したい。それは、あまりにも生命力が稀薄で、生きることに淡泊であった私自身の姉や兄たちへの反撥でもあり、私は、この作品を書いている間、何度もおそろしさでペンを持つ手がかじかんだ。一歩も先へ進めなくなったこともある。そんなとき、帰郷して、新井田の対泉院の門前にある飢饉の餓死者の供養塔を訪ね、願わくは我に勇気を与えよと、合掌してひたすら祈ったことを忘れない。

（自作への旅より）――

今年の三月十一日に東北沿岸一帯を襲った大地震、大津波によって二万人ちかい人たちが尊い生命を奪われ、家屋や自動車、人肌のぬくもりのある全てのものを失った。また人災でもある福島原発事故の放射線によって多くの人が土地や家を追われ、いまも将来にわたっても放射能汚染に怯《おび》えなければいけない現状は六か月過ぎたいまも農業、漁業、林業の分野までも広がっている。

このいまある現実を、三浦哲郎氏なら作品世界としてどう切り込んでいくのだろうか。被災して被害にあった土地、被害にあわれた人たち一人ひとりを訪ね歩いて、膝突き合わせて語り、嘆き、怒り、そこから心の奥に秘めた人間回復への道程を見極めて、誠実に描写していくだろう。百編までは届かなかった『モザイク』の一編一編として、その地、その場、その人に身を寄せた珠玉編をリアルに紡ぎ出すに違いない――。

（二〇一一、九、一三）

五十四年目の再読
―原田康子『挽歌』の想い出―

　カァ、カァ、カァ、グワァ、グワァ、グワァと、短く、鋭く、甲高く呼び交す鴉の声で目覚めた。枕元の置時計を引き寄せて見ると、六時十五分、やっと明るくなりかけた時刻であったが、厚手のカーテンで締められている部屋は、まだ暗かった。鴉は飛び交って声を掛け合っているふうには聴こえなかった。遙か地上の常緑樹の枝に止まり、遠くの仲間と朝の挨拶を〝おはよう、元気か〟と掛けあっているのだろうか――。

　大寒もすぎて閏二月に入り、何度目かの寒波が来襲してきて、最後の日は予報通り早朝から雪が舞い始めていたのだろう。十四階のベランダから観える空は、鼠色のどんよりと垂れ下がった雲に覆われて、大粒の雪がふわりふわりと途切れることなく舞い続けていた。八時をすぎたころには雪は水分を含んでもっと大きくなり、風で吹き込まれてベランダに散っていた。ドアを開けて外へ出ると零下一度という温度は鼻腔を突き刺す冷たさであった。遙か四十メートル下の地上には常緑樹の葉にはもちろん、コンクリートの舗道も芝生にも一面白い世界が広がっていた。傘を差している人たちの色傘も白い円になって雪を踏みしめて歩いている。

そんな日は炬燵に丸まって新聞や雑誌を読んでいるに限ると、背を丸めて脚を伸ばしたり縮めたりしていたが、昼食前に運動も少しはしなければ、と運動靴を履いて部屋を出た。廊下を端から端へと歩くと三百歩近くになる。十四階、十三階、十二階の廊下を歩き、あとはエレベーターには乗らずに階段で一階まで降りた。エントランスの外は白一色の世界が広がっていた。〝この季節にすごいわよね〟と傘を窄《すぼ》めて雪を払い、住人の婦人が挨拶をして通りすぎていく。新雪の踏み締められた足跡を目で追うと、五センチメートルいやもっと積っているだろう。

集合郵便受けで暗号ダイヤルを廻して開けた。新築マンションや貴金属高価購入のチラシのなかに書籍小包が入っていた。贈り主は北海道旭川市に住んでいる細谷晋二先生だった。先生は二十年ほど前に中学校の校長を退職し、その後は教育委員会や大学の講師などをされていたので、それまでの教育に関わった文章を一冊に纏められたのだろうと思い、懐かしく楽しみにしてチラシ類と一緒に小脇に挟んだ。エレベーターに乗り十二階で降りた。端から端へと十四階までまた歩いた。降りたときと合わせると二千歩以上にはなる。〝雪の日の運動はこれで終わり〟声に出すと、何故か胸が小躍りする。北海道育ちのせいか上京して四十九年ちかく過ぎた今でも雪の舞う銀世界を観るとわくわくするのだ。

炬燵に入り、先生から贈られてきた書籍小包を開封すると透明のビニール袋に包まれた、薄茶がかったくすんだ鼠色の箱に入った単行本だった。僕は思わず〝おうっ〟と声をあげて見続けていた。それは紛れも無い原田康子の長編小説『挽歌』だった。五十四年目の再会だった。

数年前、これで会うのも最後かも知れないという思いもあり、北海道へ諸用で旅行をした途次、先生の自宅へ一泊お世話になった。高校を卒業して上京する際に宿泊させてもらっているから、四十数年が経っても、奥様ともども変らない接待を受けた。一升壜を横に一夜語り合った。その折、酒の席であったので、僕は生まれて初めて小説を読んだのが、先生が正月休暇に実家から持ち帰った『挽歌』なんです、と話したのを忘れないでいてくれたのだった。

本に挿まれている手紙には——本の片付けをしていたら出て来ました。君が読んだときのままです。本のカバーも当時のまま——と書かれていた。処処擦り切れている焦茶のカバーの裏側には東京都・時事通信社発行の「世界週報」と印刷されている。そっと表紙を捲るとパラフィン紙の下の内表紙には赤字で「挽歌」と書かれ、雑木の立ち並んでいるらしい薄墨画に著者の氏名と東都書房版が印刷されている。そこに「葬送のとき棺をのせた車を挽くもの、うたう歌（辞海）」とペン字の楷書で書かれていて、先生の性格が滲んでいた。

今にも綴じ糸がひきちぎれそうなこの薄茶色になっているページをそっと捲ると「なんのお祭りなのだろう……。家々の戸口に国旗が立っている。国旗の出ていない家の方が少ない。」と二段組で書き出されている。古本の噎せる香りと鼻を蠢かして最後のページを捲る。そこにはコートの胸衿を右掌で押さている若い著者のセピア色になった写真があった。僕は一刻のあいだじっと見入ってしまっていた。奥付には昭和三十一年十二月十日第一版発行、昭和三十二年二月二十五日第十五版発行、定価二四〇円とあるから、わずかに二ヵ月半で十五刷まで増刷りをしたことになる。

当時、僕の家族は樺太の恵須取から引揚げて来て、北海道の占冠村下苫鵡に開拓農家として入植していた。その地は幾つもの沢に分かれていたが、戦後入植で六十軒を超す集落となっていた。陸の孤島と言われ、僕が小学校に入学したときは同級生が十二名、一番多い学年だった。一年から六年まで一クラスであり、一年生のときは先生に教わった記憶がなかった。その後は小学校は二教室に中学校は一教室に一、二年と三年は背中合わせに仕切られた授業になっていた。学校までは六キロの道程を歩いた。学校の等級では島嶼と同じ僻地五級であった。山林の伐採、植林の出面取の仕事をする以外は、平地を流れる鵡川と道路を除けば、ほとんどが山峡の畑では雑穀類しか獲れない百姓で生活などできなかった。

そんな生活環境に親が心配したのだろうか、僕は中学二年生の秋から一年半、月曜から金曜まで教員住宅の先生と一緒に生活をするようになった。敗戦後数年しか経っていない時代であったから、入植農家の山峡の集落には定時制高校を卒業した代用教員しか赴任してこなかった。僕が新任の大学卒業の先生に教わったのは細谷先生が始めてであった。先生との生活は朝起きてから夜寝るまで、学校も含めてほとんど一緒の生活であった。ダルマ薪ストーブで飯を炊き、味噌汁や馬鈴薯の煮っころがしを煮て、焼くと塩が白く湧き上る鮭やホッケ。生魚と言えば鵡川や支流で釣れる山女《やまめ》、石斑魚《うぐい》、川鰍《かじか》、岩魚《いわな》、泥鰌《どじょう》、ザリガニなどを獲って食べた。職員住宅から百メートルも離れていない教室では音楽以外はすべて先生に教わった。教室を半分に開閉できるように仕切って、一、二年生と三年生が背を向けて二人の先生の授業だった。先生や生徒の声がひとつの教室で飛び交い、それでなくても勉強などに身の入らない僕たちにとっては集中して勉強をした記憶がなかった。教室で数学や英語が理解できなくて先生に怒られると、住宅に帰ってから掃除や夕食の仕度をするのだが顔を合わせるのが嫌でたまらなかった。先生は、ただいま、と帰ると学校での出来事や小言などは一切口に出さなかったし、態度に表すこともなかった。

そんな三年生になった一月、先生は旭川の自宅で正月を終え、また一緒に生活をするようになった。僕は勉強はほとんど真剣に努力をしたことがなかったが、十二歳上の長兄と五歳上の次兄が通っている隣町の定時制高等学校へ入学することが決まっていた。苫鵡《とまむ》の一月は零下三十度まで下がる日もある。そんなある夜、先生は職員会議があり、その後で村の青年団との飲み会などで遅くなっていた。僕は一人で夕食を終り、ダルマ薪ストーブで身体を暖めていた。暇でもあったので、先生の本箱を眺めて本を手に取ってみていた。当時の下苫鵡小・中学校には図書室などと言うものはなかったので、先生の本箱が唯一の本と出会える場所だった。幾冊もの本の中に正月休みに大都市の旭川で購入したものなのか見慣れない本があった。鼠色の単行本で表紙に長編小説『挽歌』原田康子と書いてあり、小説というのはこんなに沢山の文字と文章が書き連らなっていることに驚いたが、なにせ表題の『挽歌』が読めない。辞書で引いてみると、〝ばんか〟とわかったが、説明を読んでも、戦後の開拓農家で集落ができて十年も経っていない。まだ葬式に出会ったこともないので理解できなかった。

閑にまかせて、ダルマストーブに薪を焼《く》べてはストーブに添って横になり、五分芯のランプを頭上で灯しては『挽歌』を先生の目を盗んで読みすすめ、四日間で読み終った。面白いと思った訳ではないが、十五歳であった僕は、兵藤怜子という主人公のわたしから目を離せなくなってしまっていた。

二十二歳の女性が戦後の釧路での日常生活の中で、関節結核に冒された左手が不自由でありながら劇団の美術部に所属し、ひょっとしたことから桂木節雄と知り合い恋仲に落ち入ってしまう。女の子も妻もいる人との恋は怪しげで、情熱的で、艶やかで、ともかく溢れるばかりの神秘な情緒なのである。それも美人で細やかな身体と長い髪を揺らせて立ち竦《すく》んでいる妖艶な姿態は、僕のあえかに夢想する恋の扉を開いてくれたのであった。桂木の妻の浮気や最終になって自殺するその心理はまるで理解できないでいたのだが、怜子のあやなす姿態とひっそりと立つ艶やかさが心の像となって、いつまでも残ったのだった。それはこの本の末尾に著者の写真に影響されていたことと、当時は僕の知る身近の女性はもんぺを穿き、手拭で頬被りをして土にまみれた皺深い母親たちしか見ていなかったからなのだろう。

今こうして読み返す機会にめぐまれて読みすすめると、登場人物たちの日常生活やその生活実態、敗戦後七年ほどすぎた時代背景、家族の経てきた歴史、そこで行動する人物描写もきっちりと描かれているし、民主主義が躍動していく戦後の女性たちの自立や意識も理解できる。

ただ、当時の僕にとっては現実にはけっして目覚めることができなかった女性への憧れを、仄かに抱かせ続けさせてくれた小説であったことは疑いない。山峡の集落には給料で生活している人は教師と営林署員しかいなかった。この辺境の地・苫鵡から出て高校へ行こう。そして僻地の先生になろう。そうしたら夢想の中でしか会えない女性と会えるかも知れない……。

僕は原田康子のけっしていい読者ではない。北海道の歴史と正面から向きあったという『風の砦』や『海霧』も読んでいない。気になる作家のひとりであったが二〇〇九年十月二十日に永眠されている。残念であるがいまからそれらの作品群に向き合っていこうと思っている。

（二〇一一・三・一）

働いて初めて買った本
——『放浪記』林芙美子集——

その学生は黒い学生服を着て、校章をつけたこれも黒い素地に透明のビニールカバーで覆った帽子を目深に被り、機関車が前と後に連結されていて、峠の線路を往ったり復ったりして、ボウボウー、シュシューと汽笛と車輪の方から音がして黒煙が緑の樹木を汚しては少しずつ止まってはまた動いて登っていく。

何の脈絡もなくふっと何処かへ行きたいという思いに駆られて立ち上がると半袖下着の上から学生服を着て帽子を被った。手元にある金をポケットに突っ込むと林芙美子集を持って家を出た。滝川の方向から来る根室本線の下り列車に乗ろう、目的はなかったが帯広の方まで行って引き返してくればいい、それだけの思いで幾寅の駅舎に向かったのだった。

僕は定時制高校の四年生だった。幾寅よりも三駅ほど富良野市に近い金山に治水ダムが計画されていた。治水事務所で五月からアルバイトをしていた。ダムの工事に関することではなく、農地の移動の為だろうか、狩勝峠にまで行く丘陵地や大人が二人も三人も両手を広げても囲いきらない太さのエゾマツ、トドマツなどの繁る比較的なだらかな傾斜地に二～三メートル四方の穴を掘り下げていき、何メートル掘ると水が湧き出てくるか、水質はどうかを調べるための穴掘の仕事だった。

その日は夏休みだったので僕は寮にいた。定時制高校の村営の寮は汽車通学者のための宿泊施設だったが、僕のように隣村から入学した生徒は自炊生活をしていた。「春望寮」という名前で月五百円の寮費だった。

その夏は僕にとって鬱鬱として心が晴れない異物を抱えているような重苦しい日日を送っていた。アルバイトの治水のための穴掘りは生活があるので休む訳にはいかなかったし、僕の父親と同じような齢の下世話や女性の話も隅の方で顔を紅らめながらも聴いていて、下ねたが声高く話されるうちはまだ元気な証拠で、疲労がピークになる夕方は声も出さないのだった。

一週間前に担任の教師から、

「秋の修学旅行にはやはり参加できないのか、君は生徒会長なんだしな」

とあらためて参加の有無を訊ねられていた。

僕はひと呼吸おいて、

「旅行にはいけません。すみません」

と応えた。先生は、

「そうか、わかった。無理はするなよ」

と言ってくれた。僕はもう一度、すみません、と小さく頭を下げた。

僕も修学旅行に行くくらいの金は貯めていた。入学式には三十名ちかい人数がいたと思うのだが、四年生になるとたった十四名になっていた。その少人数の仲間たちとの旅行ができないことに悔しさはあったが、それを使うと上の学校へ行く入学金が無くなってしまうのだ。占冠村下苫鵡の山峡の地で開拓農家をして土に這いつくばっている父や母には金の無心はできなかった。僻地五級の地だった集落は学校まで六キロメートルの道程があり、入学時は一クラスに一年から六年まで一緒で、僕は先生から教わった記憶がなかった。僻地の先生になろう、そんな淡い夢を抱いて隣町の高校に兄二人を追って入学した。いまは十二歳離れている長兄は札幌の私立大三年、次兄は釧路の教育大四年に在籍していた。

その頃、僕が入学した年に皇太子と正田美智子さんが結婚した。馬車に乗って沿道に集まっている人達の旗に手を振っている姿を、アルバイトをしていた雑貨屋の白黒テレビで観ていた。感慨は何もなかったが、その日が僕の誕生日だったので、全国の人が祝ってくれていると思うことにしていた。

その次の年の春に国会議事堂を覆う大きなうねりの学生運動があった。その運動のなかでひとりの女子学生が犠牲になったのも、僕は白黒テレビで知った。僕は政治的には無知であった。だから学生運動に対しても、馬鹿なことをする、親の脛を齧れる裕福な生活ができる人のやること。そんな思いで、斜に構えて冷やかに、心の奥では羨望をふつふつと滾らせながらも、何の感慨もなく傍観しているだけであった。その夏に次兄が釧路から帰省して、一晩寮に泊まっていった。寮にいると皆んなに引っ張り出されてさ、と言いながら脛にはまだ残る青痣を見せていた。青春の一刻を笑顔で見せる次兄に、心の奥では馬鹿なことをする、と思いながらも小さく頷いていた。

そんな濁流の季節だったので、晴れやかな精神状態ではなかったが、授業とクラブ活動のバレーボール（九人制）が終わった夜中に、ときには「蛍雪時代」を眺めてもいた。寮には汽車通学ではない宿泊者は二人だけだった。一人は僕。もう一人は隣の部屋にいるK君だった。K君は一学年下で、僕の集落とは十数キロメートルはなれている上苫鵡の農家の出身だった。K君も上の学校へ行きたい希望をもっていたが三年になった春ごろから複雑な家庭の事情で、その夢が断たれたそうであった。自炊生活だったので、クジラのぶっ切りソース煮や痒草（エゾイラクサ）の葉を湯掻いた御浸しを別けて食べあったり、ときには花札に興じて夜中まで毛布で覆って教官にみつからないように遊ぶこともあった。そんなK君が浮かない顔と態度で、貯めている金で旅行をしてきたい、と相談された。僕らの生活では旅行など想像外のことであったから、どうせ行くのなら、と日本地図を広げて、宮城の仙台、東京、京都、奈良、兵庫の神戸、そして種子島あたりまで観てみたい、などと気楽に話し合った。なぜ種子島だったのかは記憶にないが、多分、歴史で鉄砲伝来の島だったことと、雪のない常夏の島に憧れただけの単純なことだっただろう。二、三日すぎてK君は、それじゃ行ってくるわ、と手を高くあげてバッグを持って出て行った。うさ晴らししてこい、と僕も気軽く見送った。何処まで行くとは訊かなかった。ところが半月ほどすぎた暑い日、K君の兄という人が寮に来た。K君の布団や勉強用具などを引き取りに来た。彼は種子島の海で溺死していたという。学生証で判明し、遺骨と写真と遺品を引き受けてきた。遺書などはなかった、という。えっ！　何故、どうして、僕の目の前から視界が消えて、声も出なかった。

そんな暑い夏、治水事務所で給料を受け取り、明日から四日間の夏休みを寮でどうすごすか、浮かない気持ちで幾寅の街を歩いていて、ふっと一軒しかない本屋をのぞいてみた。雑然と並んだ本の背に目を移していた。日本文学全集の『林芙美子集』が目に止まった。頁を開いて「放浪記」という題に興味を持った。読みはじめると数行すぎて、

私は宿命的に放浪者である。
私は古里を持たない。
私は雑種でチャボである。

の文章に引き寄せられて、心がときめいて、胸が高鳴るのがわかった。何故だかわからなかった。僕はその林芙美子集をはじめて給料の内から買った。緑の表紙で三百円はしなかった記憶がある。

僕は寮に帰ると、寝転びながら読みはじめた。これが小説と言えるのかどうか理解できなかったが、主人公の目の高さで、行商人である父母と一緒に歩きまわる、その生活を、ほんとうは悲惨でもあるはずの日々の一切一端を、どこか心の

奥底で居据って楽しんでいるようにも受け取れる文章に引き込まれていった。食事もそこそこに「風琴と魚の町」「清貧の書」を読み終わったのは朝の四時をすぎていた。僕の心をときめかせ十数時間も文字に吸い寄せられていたのは、樺太の生まれであること、戦後の開拓農家で育ったこと、アルバイトで定時制高校に通学していること、ほんの数日前、学友が遠い暑い海で自死したこと。そんな鬱とした吐き捨てることのできない精神状態と育った環境を重ね合せ読んだ初めての経験だったからだろう。

〈一寸一休〉十月十三日（月・祝）午後一時からの「平和に生きる未来へ――ともに歩こう！　志村・小豆沢デモ」に参加した。東京・板橋で戦争や原発で、人びとを苦しめない、というゆるやかな集会だった。見次公園には子連れが四、五組、あとは老若男女、八十名ほど。大型台風が四国に上陸している予報だったが、平和公園まで一時間歩いた。マンションのベランダ、家の二階窓、沿道にまで出て手を振る子供達、親、老人、学生、その人たちが途切れないのだ。初めての経験。テレビや新聞で報道されないが、全国の都道府県・市町などで、原発再稼働反対、憲法九条改悪反対、集団的自衛権撤回、辺野古新基地反対などの集

会・デモ行動が津々浦々で行なわれている。持続は力、いまの自分の力で）

狩勝峠のトンネルに入ると汽車の木の窓枠を閉めた。黒煙が車内に充満して顔や鼻孔に煤がたまって黒くなるからだった。外の闇い世界と窓に映る学生帽子の下のかったるそうな気の抜けた青年の顔が無表情に映っている。膝の上には林芙美子の本が閉じられたまま載っていた。客席には数人しか座っていなかった。長いトンネルを抜けると狩勝峠の中腹から帯広へと続く平野が見渡せた。新得駅に着き、十勝清水、芽室と停車すると車内は背負い籠を二重三重にして野菜や花などが一杯になって荷なう、僕の母親と同じくらいの母たち、もっと上の腰に乗せるように背負う老いた母たち。どの顔も焦茶色に焼け、額や目尻から頬にかけて深い皺に刻まれているが、おはよう、と威勢のいい声が飛び交い、通路に籠や荷物を置く音が響き、客席はほとんど埋まってしまった。通勤者や学生は遠慮がちに小さく見えた。僕の前席の老婆二人は座るなり、新聞紙の包みを広げ、焼むすびと漬物を食べはじめた。畑の野菜や麦やビートの成育、はては嫁や孫の世間話まで、前や後や一席離れた婆達の闊達な会話が声高に、笑い声も飛び交っていた。僕は目を閉じて聞くともなく、でも耳を欹《ソバダ》てて話の内容に聞き入っていた。川向かいの谷地の野草を刈って、馬の餌を背負っているだろう母を想いながら、婆達の喧騒に浸っていた。帯広駅に着くと、腰の曲った一人の老婆が座席の肘掛けに、よいしょっと、と掛声を発し、二重になった野菜の詰まった籠を苦もなく背に乗せて出て行った。僕は座ったまま、次兄のいる釧路まで行こう、キップは乗るとき隣駅の落合までしか買っていなかったが、なんとかなると思った。

釧路駅には午後の早い時間に着いた。次兄の住所だけは持っていたので、案内所で行き方を訊いた。バスの経路と停留所を教えてもらい、地図ももらった。バスを降りて、玄関の住所表示をみながら路地に入りなだらかな坂を下った。陽射しが強くまぶしいほどだった。あまり迷わずに次兄の下宿している家をみつけた。奥様だろう人に、次兄の弟であることを言うと、すぐに次兄の部屋に案内してくれた。夕方まで畳に横になって、陽を浴びてうとうととしていた。次兄はなかなか帰ってこなかった。夕食時、そこの家族と下宿している学生と一緒に飯台を囲んだ。漁師の家ということで大きな皿に名前は知らないが焼魚が山盛りにされて置かれているのは驚いてしまった。初めて会う、まだ次兄も帰ってきていない僕に対しても屈託なく優しく接してくれた家族だった。

アルバイトで夜中に帰ってきた次兄は、寝ている僕にびっくりした様子で、どうした、と訊いてくる。三日ほど休みなので、何となく来てみた、と応えると、二人とも詳しい話はせずにぼそぼそと終った。

次の日はバスに乗ったり歩いたり、いろいろと行ったが釧路港が全貌できる公園に着いた。石川啄木の歌碑などを見、啄木は釧路でも生活をしていた日々があったのだ、という思いだけで特別な人なり文学なりの感慨は湧いてこなかった。明くる日の午前中に釧路の港で名曲喫茶に入った。陽の光から室内に入ると闇。ソファは腰が沈んでしまう柔らかさに静かなピアノの旋律が流れていた。僕の日常からは遠い世界だった。次兄には、上の学校を受ける相談はしたと思うが、口数は少なかった。それでも僕の心は安らいでいた。

三日目の夕方、「春望寮」に着いた。副校長でもある寮監の小西三太郎先生に魚の干物を土産に持って帰った。ああ、無事だったか、今日帰らなかったら捜索願を出すつもりだった。K君のことがあったから。とくもらせた顔に安堵の表情が浮かんでいた。僕は誰にも知らせていなかった。（二〇一四年・一〇・一四）

二冊の辞（字）典の追想
―『新漢和字典』『新選　国語辞典』―

いまぼくの手元に二冊の古い辞典がある。記憶にあまりない遙か青春時代に開いていたものだが、ここ五十年ちかくは利用されることもなく本箱の一番奥に並べられていた。捨てられることもなく肩を寄せあって埃に塗れているのを取り出し、そっとちり紙に拭き落して、当時のことを思い出している。

『修訂増補　新漢和字典』長谷川福平編　東京合資會社　冨山房、昭和三十年四月十八日　修訂増補卅五版発行　定価四百八拾円　当用漢字部首索引、音読索引などを合わせると一三〇〇頁になる漢和辞典だ。

カバーは千切れたのか破いたのか悪くなっているが、紅茶色の装丁は布製の表紙となっている。その背表紙に字典の字が刻印（?）なのか凹んで印字されているのだが、色が薄れたためか黒マジックでなぞっている。頁を捲ると部首索引があるある、それぞれのある部首のところに赤や青、鉛筆で線が数多く引かれているのでそれなりに利用したのだろう。折り返しの綴じ糸も切れそうになり、セロテープで貼っている。この字典を発刊するにあたって「本字典は終戦後の新時代に適応するように、もっぱら学生・生徒諸君の伴侶とし、かねて一般読書人の参考の資に供せんために、煩をさけ、簡におちいらず、かつ携帯に便なるよう苦心考慮して編纂されたものであります。」と主旨を述べられている。その右頁の空白見返し紙に、

昭和三十一年三月十九日

賞　占冠村教育委員会

角印で、北海道勇払郡占冠村立下苫鵡小学校

と筆書きされている。〇〇様とか君とはないが、最後の空白紙に「昭和三十年三月二日　工藤威用」と書かれている。三十年となっているが、三十一年の間違いだろうが、万年筆できっちりとした楷書で書かれている字体は五歳上の次兄のものに違いない。当時次兄は隣村の定時制高校に通っていたが、春休みのため家に帰ってきていたのかも知れない。

実はこの「字典」はぼくが小学校を卒業するにあたって「皆勤賞」なのか「精勤賞」なのか不明だが、ともかく賞として戴いた辞典であることは間違いないこ

とだ。

一九五六年の当時は、北海道のほぼ中央に位置する占冠村下苫鵡に樺太からの引き揚者として入植して十年も経っていない時期となる。下苫鵡の山峡の川に沿った集落は敗戦前は数軒しかなく、敗戦後三〜四年を経て引き揚者を中心に五十数家族がいっぺんに入植していたのだった。その集落のなかでもぼくの家はもっとも外れの本流という地域にあった。そこからほぼ中央位置にある小学校までは片道六キロメートルの道程を歩いて通った。

小学校六年生を終える頃は複数学級で、一〜二年生、三〜四年生、五〜六年生と三教室あったが、ぼくが一年生に入学したときは、一〜六年生と一つの教室に入っていた。入学した当初は先生が一人で、先生に教わった記憶がまるでないのだ。たとえば先生が三・四年生を教えているとすると、ぼくらは上級生、多分六年生なのだろう、に教わっていた。

次に一〜三年生、四〜六年生へと増えていった。ぼくは籤運が悪いのか、四年生のときには社会と理科は六年生の教科書を習った記憶がする。五年生になると四年生の教科書を、そして六年生になって五年生の教科書をというふうに。当時は本流から二キロメートルほど中央にちかい鵡川の支流であるホロカトマムに分校があった。開拓農家として入植した人たちに子供が増えていったのだろうが、学校は島嶼と同じ僻地五級と言われていて、高校を卒業した代用教員（？）にぼくたちは教わっていた。

入学した当初から六キロメートルの道程《みちのり》を歩いて登校していたのだから学校まで二時間近くもかかったと思う。ぼくの家から一キロメートル離れているところに同級生が二人いた。先に行っているときもあったが、一人ずつ増えていって学校に着くのである。何の遊びをしながら歩いていたのだろう。雨が降ったら蕗の葉っぱを根元で折ってひとつは葉を裏にして肩からすっぽりと蓑のように羽織って、もう一本は傘として手に持ってかざす。山峡の蕗の葉っぱぼくの背丈よりはるかに高く林のように立っていて、その林の中を分け入って遊べるほどであった。雨合羽などなかった。

そう言えば虎杖《いたどり》の早草を学校の往き帰りに茎のやわらかいところを折ってかじりながら歩いたものだった。虎杖ではなくスカンポと言ってちょっと酸っぱかったが、腹が減っているときは幾つもの茎をしゃぶって酸っぱいげっぷが出てきた。秋には山ぶどうを白樺、松、シナノキに登って口一杯に頬ばり、ズボンのポケットにも突っ込んで、パンツが紫色になった。口の中ももちろん紫色。ときには腕ほどの太さの枝先にまで登ると、その途中に熊の爪跡の引っ掻き傷があったりして、まるで熊と競いあって食べているのだったが、熊が恐ろしいという感情はなかった。その他にもヤマイチゴが甘くておいしかったし、自生根菜ではないと思うのだが、住宅地の近くの畑の端に群生している葉茎を引き抜くとショウガのような形をした葉茎が掘り出せた。味はほとんど無く、水っぽくサクサクしていて蕗の葉やズボンにぬぐってよく食べたものであった。そのほんとうの名前は識らないのだがぼくたちは「ブタクサ」といって下校途中の空腹を満たしてくれたものだった。北海道の植物誌を調べたが植物名もわからなかった。三月末か四月になると積もっている雪の表面が溶けて夜に凍って堅雪となる。その上を大人が歩いても道路上のように歩ける。ましてやぼくは達子供は走り廻り、登校途中の山端に登り、松の葉枝を折って尻に敷いて辷《すべ》り下る。松の根にぶつかったり、一メートル以上もある段差が白の世界で見えず落ちてしまったりしたが、怪我などをあまりした記憶がない。遊びばかりでない松などの枝に垂れ下がっている茶色の細い蔦にコクワやマタタビの実が萎びて凍ってぶら下っているのを取り、口の中に入れるとサクサクと凍っている実が何とも身震いするほどおいしかった。こうして書いていくと、遊びながら食べた記憶しか蘇ってこないのは、いかにも食べ物が少ない時代であったか思い知らされる。

　ほんとうはこんな事を書くつもりはなかったのだが、いまの子供たちのように月~日と塾や習いごと、スマホにテレビという時代とはちがい、本も教科書以外は開拓農家にはなかったし勉強した記憶もないのだ。

　そうそう「皆勤賞」と「精勤賞」のことを書こうと思っていたのだが横道に逸れてしまったが、要するに一年生から六年間に対してなのか六年生の一年間の皆・精勤賞なのかがどちらにしても一日も休まないとか、三日以内しか休んでいない、などとはあり得ない日常生活の現実だったと思う。六年生の一年間だったとしたら三日間まで休める精勤賞ぐらいだと思う。当時の開拓農家の実情のなかで、先生の温情で「皆勤賞」にして辞書が与えられたのだと推察するしかない。

　最後の著者「長谷川」の印のある印紙」の右頁の白紙に〝この辞書余り良くありません〟と細字の万年筆で書いてある。字体を見てみるとどうも高校生の頃に書いたぼくの字に間違いない。「字典」をめくると線を引いたり、書き込みがあったり、という気配もなく、表紙とは違い綺麗そのものだ。まるで辞引きではなく飾り「字典」でしかない。それでも捨てられなくて本棚に立て掛けてある。

二冊目

『新選　国語辞典』金田一京助、佐伯梅友、大石初太郎編　小学館発行　定価六五〇円　昭和四十二年三月一日　卓上新版発行　とある。卓上新版にしては結構部厚い一、一五〇頁もある。あまり利用しているとも思えないこの辞典を何故持っているか、といえば、その頃、ぼくは大学を一年留学して五年生になっていた。卒業論文を提出していなかったことと「言語学概説」の単位を取得していなかったからだった。ぼくは高校（定時制）、大学と授業料と生活費を得るために働きづめだった。そのとき病院の夜警（夜八時から朝八時まで十二時間、夜朝食付）のアルバイトを一日おきにしていた。前年、いつものぼくの怠け病で卒論を書かなかったのだ。作家は誰にするか作品はどれにするか、論文のテーマは何にするか、ぼくは何も決められないでいた。有島武郎、林芙美子の全集を手元に置いて小説を読みはじめたが、三，四作品でもうこの作家は止めにすると投げ出してしまっていた。要するに持続して読みすすめ、そのなかからテーマを模索して、発見していく、その努力がまるでなかったのだ。自分で授業料や生活費を稼いでいるのだから一年くらいぶらりとしていたっていいじゃないか、と卒論を投げ出し、一科目の単位を落としていたのだった。ぼくは生来、何かを問い詰め追及し探究していく精神を放り投げてしまう怠け者にちがいなかった。

かと言って卒業まで投げ出す勇気はなかった。落としていた授業は佐伯梅友先生の「言語学概説」を受け、卒業論文は志賀直哉にした。岩波書店の新書版型全集を古本屋で買い求め、どこへ行くにもカバンに入れて持ち歩き眺めていた。そして、ともかく、テーマを搾《しぼ》って書き出さなければならない。何をどう書いたか、いまはあまり想い出せないし、押し入れの奥に閉じ込めてあるダンボールを開けてみる気もしないので、想い出せるところで書いている。志賀直哉に「和解」という小説がある。その小説を書けたのは志賀直哉が実生活でも父親との和解ができたので、その結果として生まれた小説である。まあ、そんなようなテーマと筋立てのメモを記して、卒論指導の教授に会った。主任審査は佐伯梅友教授、副主任審査は平岡敏夫教授であった。当時、大東文化大学は古典文学が中心に講義が組まれていたが、ぼくは卒論に現代作家を選んだので、平岡敏夫教授が中心になって指導してくれた。平岡敏夫教授は東京教育大学の大学院博士課程を修了して、東海大学文学部助教授、大東文化大学講師をしていた。『北村透谷研究』を有精堂から出版した三十代後半の新進気鋭の近代文学研究者だった。特に北村透谷の授業は九十分たっぷりと情熱的に講義をしていた。ぼくは平岡教授の日本文学講読演習を受講していた。この授業は最初の二十分間を受講生に作家・

作品の取り組んだ内容を話させる。その後に受講生の調べた作家や作品の時代背景と文学的成熟を詠った詩について語った。藤村の詩の心髄は『若菜集』などで詠われた詩ではなく農村のおかれた実情と農民の労働に心を寄せて詠ったところにあるのではないか、と話したと思うのだが、躰中から汗が吹き出し、声は震えていてその時間の記憶がなかった。平岡教授は筑波大学を退官したあとは詩集『浜辺のうた』など詩作にも精力的に力を注いでいる。ぼくは小説集などが刊行したら贈らせていただいている。賀状の交信はいまも続いていて、今年の賀状には〈50年前に3回連載した『「明治文学史」研究　明治篇』いま三分の二以上印刷すみですが、あとの原稿がなかなかでこれを完成刊行しないと…〉と添え書きがされている。一九三〇年香川生まれの平岡敏夫教授の探求心に真底から感謝します。

話を佐伯梅友教授にもどす。

五年生の夏休みがすぎたころ佐伯教授から研究室に来るようにと事務局から連絡があった。卒業論文の件で主任審査である教授にその後は指導をしてもらいに訪ねていなかったので、多分その件だろうと研究室に恐る恐る訪ねた。古典文学と日本語文法などがぎっしり詰った書棚に囲まれている机に座っていた教授がテーブルに囲まれている椅子に座るとふくよかな顔におだやかな表情で、ぼくを椅子に座るように促すと「卒業論文はすすんでいますか」と頬に笑を浮かべて訊いてきた。やはり、とぼくは心の内で思いながら「手をつけてはいるのですが、どう分析したらいいのかそのところが――」とつっかえつっかえしていると「志賀だったよね、研究書が沢山出ているから必要なところをよく読んで、平岡先生に相談し指導をしてもらうといい」と頷きながらぼくから目を離さない。教授と一対一でテーブルを挟んで話すことなどなかったので、ぼくは緊張し固ってしまっていた。「そのこともあるが、実は君、言語学の出席日数が足りない、このままだと単位をあげられないので、来週の火曜日午後一時から一時半、三回にわたって特講しますが、出席できますね?」と言い渡された。ぼくはいやもおうもない、半袖ワイシャツに汗をびっしょりと染み込ませて、ただ「出席させていただきます。お願い致します」と深く頭を垂れる以外に行動はなかった。

佐伯教授の講座でぼくは文法論も受けた。これも必須科目で取得しないと卒業証書がもらえないのだ。当時は評価がABCDと四段階に分かれていて、D評価は60点以下で単位が取得できない。ぼくは多分C評価で取得している。それもそのはず、出席日数はぎりぎりで講義も間隔を開けて聴いているのだから、内容を理解する訳がないし文法を覚えようと努力もしないで怠けていた。ただ佐伯教授の文法は時枝誠文法の系統にあるらしく、文章を単語ひとつに分類して文法論を展開するのではなく、日本文学、文法の歴史を思慮して文意の訴えようとする真意を理解と解読するために役立てるとして、細切れに分類しすぎない配慮を旨としていたように思う。そのことだけが心の片隅に残っている。

風貌で言ったら写真でしか知らないのだが、武者小路実篤のようなふっくらとした頬に笑をたたえて接してくれていたのだが、教授の研究室で向かいあって講義を受けているあいだは汗だくで針の筵に座っているようなものだった。教授の顔に笑がある訳ではなく決められた頁数を概論の文章に添って、やさしく丁寧に解読してくれる一時間半であった。ぼくに詰問するようなことはなく「次回もよく読んでくるように」が最後の言葉となり終わるのだった。この講座もC評価で無事にいただいていると思う。

そんなある日、夜警のアルバイトからの帰り道、池袋から埼玉へと通じる、東武東上線のときわ台駅の踏切の横に古本屋があった。その古本の書棚を眺めていると上段の隅の方に辞典類が並んでいた。なにげなく眺めていただけだったが、著者名に佐伯梅友の名前が目に入った。ためらうことなくぼくは「新選　国語辞典」を買っていた。

もう五十年も歳月を経たことである。その辞書が、いまぼくの机のこの原稿の横に置いてある。購入したのはいいのだが、ほとんど活用した記憶がないのだ。頁を開いて括って活用するには少し厚すぎて大きすぎるのだ。いまこの文章を書きながら、わずらわしさを厭《いと》わずに三、四十回は単語の意味と漢字を識る為に開いている。これでやっとこの辞典への心の重荷が消せたように思う。

半世紀も前に佐伯梅友教授から受けた恩をいまでも忘れられないのは、留年している一人の貧乏学生に、教授の貴重だったであろう時間を確保して、それも居眠りしいしい、ただ言語学概説の字面を追って出席していたぼくひとりに嫌な素振りも見せずに講義し、単位まで下さった誠実さに、現在ではとても考えられない学園の場と教授との交流であった。

そうそう、志賀直哉の卒業論文も主査佐伯梅友、副主査平岡敏夫、二人の印が押されており、無事に単位を取得している。

二冊の辞（字）典に惜別の思いはあるが、また、そっと本棚の奥に並べておこう。

（二〇一五・五・一〇）

Ⅲ

ぼくが関わった雑誌発行について（1）

「城北文學」「北の文家《ぶんちょう》」

一九六三年三月ぼくは生まれて初めて東京の上野駅についた。そこからどうやって有楽町の駅に着いたのか記憶にない。下車すると駅前に高層ビルの朝日新聞社があった。受付の美しい女性に新聞配達の奨学生であることを告げると、くねくねと曲がりくねって地下の一室へ案内された。ぼくの他に二名の青年がいた。挨拶することもなく新聞社の社員の言うがままにタクシーに乗り、ある三階建（？）の木造旅館に着いた。六畳ほどの赤っ茶けた畳の部屋には夕日が射していた。同室の二人は関西の出身だったと思う。いま想い出すと東大赤門ちかくの旅館だったのだろう。次の日、新聞専売所の所長がタクシーで迎えに来た。途中、東武東上線の下板橋駅（？）で国鉄のチッキで送っていた布団を受け取り、自衛隊（練馬駐屯地）の裏側、練馬北町（現・平和台）の専売所に着いた。次の朝四時前から順路帳を持って識らない都会の街へと自転車で案内された。近くのアパートの四畳半に同じ学生配達者と二人で住み、部屋代、食事代を引かれると六千円程度の手取りだったと思う。当時は夕刊は日・祝もあり、休日は夏と正月二日の二日間しかなかった。ぼくは三日前まで、北海道のほぼ中央、南富良野町幾寅（映画の「鉄道屋《ぽっぽや》」の撮影現場）の定時制高校を卒業したばかりで、都会の毎日の生活は目を白黒させるばかりだった。

ぼくは生来怠け者として生きてきたので、日記、メモ帳、資料保存などはほとんどしていないので、これを書くにあたっても遠い五十二年前の記憶を想い起こすだけですすめるので、記憶ちがいや誤記が多いと思う。多謝!!

四月に入って大東文化大学の入学式が池袋の豊島公会堂で開催された。二階まである公会堂には新入生や在校生、父母で一杯だったように思う。ぼくは会場の広さと人数に圧倒されて一人で隅の方に座っていた。南條徳男学長の祝辞などがあったと思うのだが、何の記憶もない。当時は廃田になっているまだ畝のある一面に、荒川まで草地だった地・志村西台町（現、高島平一丁目）に赤レンガの四階建の建物がポツンと建っていた。道路側には七つボタンの学服を着ている男子高校の建物もあった。体育館はまだ建っていなかった。二千名（?）規模の文化系大学だった。ぼくは北海道の山峡（占冠村下苫鵡）の僻地五級の開拓農家で育ったので僻地の先生になろうと思い年間授業料が四万八千円（？）だった文学部日本文学科に入った。他私立大学は六万円前後の授業料だった。公務員の初任級が一万七〜八千円の時代だったからけっして安いとは言えなかったが、村からの奨学金・月四千円（無利子返済）と新聞社から支給されていた学生奨学金・月壱千円で賄った。

大学へは練馬北町専売所から配達用の自転車で通った。東武東上線東武練馬駅から急坂を下って前谷津川（溝川・年に一〜二回氾濫して靴を脱いで裸足で通ったことも）の川際を通る道と大学前の道路を真すぐに登って鉄塔の横道を赤塚駅へ向かっての道をその日の気分によって変えて通学した。どちらの道も三十分ほどの時間だった。朝は問題ないのだが、午後は三時〜四時に帰らないと夕刊の配達に間に合わなかった。

単位取得のためにガイダンスに出席すると教室は満杯になっていた。月〜金曜日の授業の時間割と取得しなければいけない必須科目を見比べながら一日二〜三科目の授業内容と教授を首を傾げながら選んでいった。古典文学が多いなかでぼくは現代文学の講座に重きをおいた。定時制高校時代の昼間は十時間ほど雑貨店の配達店員をしていたので古典文学の名前は識ってはいるもののほとんど読んだことがなかった。必須科目のなかに書道があった。ぼくは中学生のとき習字を一年間学校でやっただけで筆の持ち方と硯に墨を摺る仕方しか習ったことがないので、どの教授の授業を受けたらいいのか皆目わからなかった。隣席で、その隣に座って「書が、書は」と話しあっている、ぼくより十歳以上も上の人と思われる男性に声を掛けた。入学式のとき父兄の一人か、と思った背広を着た男性だった。女性っぽい仕草でやわらかく話す内容は、もう二十年ちかく書道をやっていて教室も持っているらしい。書道界は師弟関係が多く書道の学士の資格を取得するために入学したらしい。習字しか知らないぼくはとても知りあいにはなれない、とその後は立ち話をする付き合いだった。そういえば書道の授業は初老の着物姿の最初に受けただけの〝かな文字〟のくまがい女史だった。授業はほとんどが助手の女性が教えていた。一年の終りの試験の習字の提出に、友人のをぼくが代筆して単位を取得していたが、ぼく自身は見事に落ちた。二年目は必須科目ではなくなったので止めてしまった。

通学しはじめて一ヵ月ちかく過ぎた頃、新聞販売店と大学の往復だけでは物足りない気持が興っていた。サークルの勧誘もあまり騒しくなくなってきていたが、体育系のサークル勧誘が活発であったが、ぼくは見て見ぬふりをして何処にも入っていなかった。授業も出席カードに記名、提出してただ後方で聴いている日々だった。朝三時すぎの起床で二百部強の部数を配達し、家などもわかり精神的にも少し余裕ができてきて、八時すぎに販売店のアパートを出る、授業中は舟を漕いでもいた。そんなあまり目的のない日常をすごすなかで、せっかく日本文学科に入学したのだからと考え、日本文学研究会の部屋を捜した。日本文学研究会は赤レンガが校舎の裏側に三畳ほどの狭いプレハブ部屋が並んでいた。体育系の部屋が多くその何軒目かに研究会があった。重い引戸を開けると、長テーブルの囲りに四、五人の男女が居た。論議か会話か知らないが騒がしかったのだが、ぼくの顔を見ると一瞬、顔を強張らせている。一番手前にいた、顔が剛情そうな男が入会に来たのか、と訊いてくる。会の説明を聞きに来た旨を伝えると、学年が上らしい男女の剛情顔が普通にもどった。それぞれ、アルバイトがあるから、話しの続きは後で、などと部屋を出ていき二名の先輩が残った。女性の先輩は名乗ったが名前は忘れてしまった。会では古典芸能の鑑賞会の役員で三年生だった。少し厳《いか》つい顔の学生は日本文学科の二年生で幹事長、五島政秀と自己紹介したが、自分の名前を後の藤ではなく数字の五の島と書いて五島です、いつも間違われるので、と笑いながら手を差し出す。年間の大まかなスケジュール、新入生歓迎会、古典芸能観劇会、文学散歩、夏期宿泊合宿、大東祭での文芸講演、年二回研究会誌の発行などを情熱的に訴えてきた。週一回の通常例会はこの部屋で行うことと今年度の新入生は十名を超え全員で三十名を超える人数であること、部屋はいつも開放されているので誰かがいると思うので自由に出入りしていいと話す。ぼくはとりあえず、どこまで参加できるかわからないが入会するのを約束した。彼との出会いが、ぼくのその後の生き方を一八〇度も変えてしまうことになるとはそのとき思ってもみなかった。

　ぼくは午後の一時限目の講義が終ると部屋に寄った。同学部の同級生と話をしたり先輩に挨拶したりしたが三時には帰っていたのでまだ親しいという友人はいなかった。そんな梅雨どきだったと思う。部屋では五島と女性先輩と前に会った三人の先輩が激論を交わしていた。ぼくには内容がよく理解できないでいたが、要するに腰掛けの創作と感想文擬《まが》いの文を発表する会では目的が違う、もっと近代文学の研究・評論に力を注いでいく研究会にするべきだ。それに対して五島の反論は、研究会には日本の古典、近代、現代文学に興味を持つ日本文学科だけではなく中国文学科、英米文学科、経済学部の入会したい学生をすべて受け入れて、研究と創造を両立させるのがサークル活動であり、その内容や運営においては会員が自由に討議して決めていけばいい。というものであったが、その議論は平行線で感情的な言い合いになっていたが、幼稚な作文発表の蛆虫研究会から脱退する。新入生を「民青」の思想を吹き込んで政治利用するなよ、そんな言葉内容を使って、ぼくに微妙な笑を浮かべて出ていった。その後彼らは日本文学研究会を離脱して『近代文学研究会』をつくった。彼らの最後っ屁の意味するのをぼくはわからないでいたが、後で識ったのだったが、彼らは岸内閣が強行したときの六〇年安保闘争（日米安全保障条約）の過激な反対行動をしていた全学連「主流派」《トロッキストの「共産主義者同盟〈ブンドが中心〉》（六・一五の国会構内突入で東大生の樺美智子死去）で六月一八日の安全保障条約の自然成立後「敗北」の総括として衰退していった彼らは、その残滓だったのだ。全学連「反主流派」も衰頽していたが、六二年七月に平民学連（安保反対、平和と民主主義を守る全国学生連絡会議）を設置して、全国大学の学生自治会に浸透していってい た。大東文化大学は、ぼくが上京するとき、中学生時代の一年半をたいへん世話になった先生へ挨拶に訪れたとき、右翼の大学だね、と言われたことが耳に残っている。ぼくは右翼も左翼の言葉も意味主張する内容も識らなかったが、一〇月一二日の日比谷公会堂の演説会で社会党委員長浅沼稲次郎が大日本愛国党員山口二矢に刺殺された事件の映像は脳裡に焼きついていた。その青年が大東文化大学の聴講生だったことを識ったときは、そういう大学だったのか、と言う驚きはかったるい雰囲気の時代のなかでであった。

「城北文學」やっとここにたどり着いた。いま、ぼくの手元にはガリ版刷りの第四号と五号がある。筆耕のアルバイトをしている先輩が一字一字を楷書体できっちりとガリ切りがなされている。四号は六四年の二月に発行されているが、編集後記によると「今年度二冊目の「城北文學」とあるから六三年の秋に三号は発行されていたのだろう。四号目次の作者名だけを記すと、巻頭言・五島政秀、創作＝川田恭、鈴木乃九郎、伊藤実（五島のペンネーム）、詩抄＝よしだじゅんこ、たかはしさとし、小林猛、短歌＝稗田富子、随想＝寺田紀恵、研究＝竹原邦子、ルポルタージュ＝高橋政俊と十名の書き手の名前がある。五二頁のホチキスで止めた緑色の表紙のぬくもりのある小雑誌だ。

少し煩《わずら》しいが六三年一一月の総会で決まった役員を列挙してみる。部長・佐伯梅友先生（教授）、顧問・須田哲夫先生（専任講師）、幹事長・五島政秀（日文二年）、副幹事長・高畑哲（日文二年）、同・高橋政俊（日文一年）、事務局長・村井照子（日文二年）、補佐・稗田富子（日文一年）、財政部長・川崎光子、補佐・本田裕子（日文一年）、会計監査・吉田純子、同・寺田紀恵、会計監査・谷カズ子（日文一年）の体制となっている。大東文化大学は学生が二千名ほどで、目白（？）の校舎から西台（現・高島平）の徳丸田圃が荒川まで続くその一隅にぽつんとレンガ建物の四階建の大学で、体制も整《ととの》っていなく、サークル活動もそんなに活溌ではなかったと思う。三～四年生の脱会などもあり、二年生と新入生が中心となって活動していた。ぼくは遅れて参加したのと、午後の四時前には帰宅していたので、積極的に会活動には参加していなかったし、それともともと文学の研究等をしようと思ってもいなかったし、ましてや小説を創作するなどということとは異次元の人間のする業で、開拓貧農出身の自分に自信のない劣等者の考のおよばない世界だった。ただひたすら生活費と学費を稼いで教師の資格を取り、僻地の教師になるのを夢見ていただけだった。

「城北文學」第五号は六四年九月に発行されている。会員であった上杉芳令がアルバイト中、交通事故で死去したため追悼号としている。その号にぼくは何を血迷ったのか、「おんな」という掌編を三枝薫（工藤の筆名）で発表しているのだ。母親をひとりの女として見れるようになった一端を書いている。

六四年の日本文学研究会は日常がどのような活動をしていたのか三ヶ月間の日

録を記してみる。

四月二八日新入生歓迎会　五月七日第一回総会、三十八年度活動報告、決算報告承認、三十九年度活動方針、予算案承認、五月一六日第一回研究例会「浮雲」討論、五月二三日研究例会、特別講演＝須田哲夫先生「江戸文学と近代初期文学との関連」　五月三〇日臨時総会、六月度諸行事について　六月四日第一回学内文学講演会＝佐伯梅友先生「国文法のために」、武石彰夫先生「中世文学について、聴衆八十名　六月五日第一回学内文学講演会第二日＝磐田九郎先生「近世文学について—歴史伝説と川柳—」、須田哲夫先生「平安朝文学について—竹取物語—」聴衆八十余名　六月一三日第三回総会、合宿決定、古典研究会発足　六月一四日民族芸能鑑賞会、於上野鈴本演芸場　六月二〇日例会、合宿における研究討論について　六月二五日総会、合宿の打合せ　、研究発表題目次。

会は毎週のように一～二回は何らかの例会や会議や行事などを行っている。いつの観賞会だったか忘れたが、多分歌舞伎座を観に行ったときだったと思うが、三階は天井桟敷席だと知ったし、主演の役者が見栄を切ると「中村屋！」「成駒屋！」と鋭い短かい掛声が立見の観客から声が飛ぶ、それは歌舞伎の通の人の掛声だ、ということも始めて知らされた。別の日に、能楽堂へ行ったとき、あの独特な言いまわしに、ついうとうとしていると板舞台を踏む、そのトン、トンパンという足音に思わず声が洩れたりもした。文学散歩では夏目漱石の東大赤門近隣、樋口一葉が使用していたという長屋の井戸や質屋、永井荷風の『濹東綺譚』の地探索、など僻地育ちのぼくは驚くことばかりだったが、上級生の女性会員のガリ刷り案内と説明にただついていくだけだった。合宿は何の研究、討論をしたのだろう、当時は日曜も夕刊新聞の配達はあったので、温泉地の合宿はぼくにとっては休養の刻であまり記憶に残っていない。文芸講演会も学内の教授の他にも大衆文芸論で活躍の尾崎秀樹（兄はゾルゲ事件で死刑になった尾崎秀実）、新日本文学会・リアリズム研究会の西野辰吉（小説・『秩父困民党』）その他の作家達も大東祭などで講師になっている。

また「城北文学」（この号からやさしい字）六号（六五年六月）にもどる。この号からタイプ印刷A版になっている。（五島政秀が福岡の同級生だった女性を上京させて学生結婚をした。彼女はタイピストだったので、その後依頼していた）巻頭言は高橋政俊が、編集後記は工藤が書いている。この号から中野照司、樋口拓王など新入生が十名以上、小説や詩、随想を書いている。七号（六五年一二月）巻頭随筆が稗田富子、編集後記は工藤。この号は青木つよし（剛）が小説を、島田恭太郎が二編小説を発表。鎌田光雄、井の口隆宣、加藤理、矢沢章などと鈴木寛四郎(九郎)が健筆をふるっている。八号(六六年一月)は日本文学研究会としては初の〈論文集〉を発行。佐伯梅友教授は/二葉亭の文章に思う/と題して/「書き方は牛の涎」と言ひてあれどその「平凡」の文のきびしさ/の短歌を、須田哲夫教授は、「福沢諭吉について—二葉亭四迷「浮雲」の背景としての—」の論文を寄稿されている。「古事記」については大山青子、大倉静子。「二葉亭四迷」について野原聰、松井智子、五島政秀が「北村透谷」は橋口拓王が論文を発表している。

巻頭言は工藤が書いているが、巻頭言はいままで幹事長が書いていた(家庭の諸事情で中退をした青木剛はのぞいて)。その中で/私達の先輩達が築いてきた日文研の約十年にわたる歴史を胎動期とすれば、この論文集を発行することが出来た私達は、日文研を飛躍的に発展させる任務をもつ第二期に入った事を自覚する/日文研には、研究の立場と創造の立場を堅持し両者を結合させ、総合的に発展させる、というスローガンがあり、論文集を発行することによって、私達の先輩達が採った方針が基本的に正しかったことを示して大きな勇気となっているのであるが、一口に云ってこれまで困難の連続であった/と書いていてサークル運動上の研究と創造の困難さと読みとれるし、確かにそうであったが、日本文学研究会のサークル活動上の反発などもあったのである。前年の役員などを決める総会で、ぼくと同級だった男性役員が彼らの主張する人選をしようと、六十人ほどいた会員のあまり日常的に積極的でない男性などの会員を組織して総会にのぞんでいたのである。彼らの主張は、日文研は小説、詩、短歌、エッセイ、ルポルタージュが「城北文学」を発表する主な会員で、古典文学が中心の大学講座のなかで、研究や論評があまりにも少ない、学生なのだからそこに主体を置くべきだ、と主張したのだ。ぼくらは、いまの研究会は入会したい人はどの学部であっても入会し、創作、現代・古典文学研究会の部を充実、学友の親睦をはかる今の活動でいい、と主張した。名簿に名前はあるがあまり知らない会員が発言すると日常的に活動している会員達はとくに女性は猛烈に反発した。もう五十年がすぎたから名前を記してきた人は別にして、本名を公表してもいいだろう、神山栄子、佐藤範子、佐藤和子、遠藤しげ子、桜井純子、鎌滝久代、市村吉克、久保田栄一など多くの女性会員たちが現役員を支持した。その結果、彼らは三、四年生を中心に三分の一ちかい人数が会を抜けて『國文學研究会』を結成していった。その後、児童文学の創作をしていた会員も退会し『児童文学研究会』を結成している。この四年の間に日本文学研究会から二つの文学研究会が誕生したことになる。

彼らは表面的には会の日常活動や方向性に反発して行動してきたが、多分その深底ではもうひとつの反発があったと思う。ぼくを含めて会の中心であったメンバーのある人数は前年に六〇年安保闘争後壊滅状態にあった学生運動を平民学連（安保反対平和と民主主義を守る全国学生連絡会議）の名で結成されていて、全学連や再建されたなかで、民青（民主青年同盟）に加入しながら、全学連や他団体と一緒に米国の北ベトナムへの北爆開始や日韓基本条約批准阻止などの集会・デモに参加する日日が続いていた。けっして研究会をその砦として私物化する気持や行動はしなかったが、それでも彼らには目障りに映ったのだろう。その潜在意識が顕在化したのだ。

そんな混迷のなかで幹事長や事務局長でもなかったぼくが巻頭言を書く破目になったのだ。

内容を元にもどす。九号（六六年六月）は新入部員歓迎特集号として、巻頭言では中野照司が、部員名簿によると四年生男一人、女三人、三年生は全員女性で四人、あとは一年、二年生で総数は四十名位を超えている。編集後記は橋口拓王、二十四名が作品を発表、青木つよしが特別寄稿している。一〇号（六六年一二月）は巻頭言は橋口拓生、編集後記は櫛引諭。十五名が発表している。一一号（六七年一一月）は巻頭言で橋口拓生は、東村山・西台と自治活動を基本的に二分化された情勢の中で、吾々は合宿に於ける「全体は一人のために」「一人は全体のために」という成果を基礎とし、延び延びになっていた「城北文学」の第一一号刊行万才、と書いている。二七名の会員が作品発表。六七年には日文研会報として一号二号が発行されている。

とにかくぼくが大東文化大学に入学して五年間（一年は怠けて留年）の日本文学研究会へ参加しての活動内容を「城北文學」の各号を参考に書いてきたが、佐伯梅友教授には二度の寄稿を、須田哲夫教授は毎号寄稿していただいた情熱に感謝の言葉しかない。

同人誌「北の文冢」（きたのぶんちょう）と読む。いまぼくの手元に創刊号はないが六四年の秋に発行していると思う。二号（六五年四月）、三号（六五年十月）、四号（六六年一月）、五号（六六年四月）まで発行している。編集後記で樋口が「次号は短編小説の特集とし、全員が作品を書くことになった」と記しているが、どうも六号は頓挫してしまったのではないのかと思う。

同人誌名については四名での出発当初、一人ひとりが誌名を出しあって、今も記憶にあるのは「炯眼」「文嶺」そして「北の文冢」だったのである。この名は鈴木九郎が主張して決まったのだが、その意味するところは「城北に文碑を立てん、紙碑こそわれらの冢《つか》、さらば行かん、われらが文の冢《つか》に、雄々しく、雄々しく」と表紙裏に詠っている。「城北文學」の五号～一〇号までの約二年間の発行と重なっている。

同人誌「北の文冢」の発刊の経過の前に、まず五島政秀とぼくとの知りあい、ともに歩むことになった来歴を少し書いておく必要があるだろう。

前項で書いたのだが、たいして目的があるわけでもなく、日本文学科に在籍しているからという軽い気持で日本文学研究会の部屋を訪ねたとき、部室で受け応えをしてくれたのが、一年先輩の幹事長・五島であった。授業の空時間に部屋を覗いているうちに五島とは間が合うようになっていた。彼は九州・福岡の定時制高校出身で、性格は剛毅で何事にも直接ぶつかって自分の力で切り開いていくタイプで、ぼくは北海道の定時制高校出身、性格は優柔不断で柳に風のごとく常に吹き流されてはいるが、地面にやっと立っているというタイプであったが、教師志望である共通もあり、正反対の性格ではあったのがかえってそれがうまくいっていた。

五島には文学散歩の下見だ、大東文化祭の講師依頼だ、と言っては他の行事なども含めて一緒に付き合わされていた。夏休みに入ったころ、学生自治会の集会に誘われた。ぼくは上京してまだ半年も経てなく、学生運動とか右翼とか左翼とか思想的なことは無知で白紙であったたし、学ぼうとする気もなかったが、ただ全国の学生が集うということに興味を抱いて参加した。そこは平民学連（安保反対・平和と民主主義を守る学生自治会連合）の結成大会であった。東京台東体育館には全国の大学の学生自治会代表や傍聴者（大東文化大学の自治会は加入していないので、ぼくらはこの席）三千五百名を超える集会であった。委員長・川上徹の結成大会に至る経過報告のなかで、六〇年安保闘争後の全学連（全国学生自治会連合）の衰退から立ち上る端緒は、六一年の昭和女子大事件（政暴法反対署名用紙に四、五日で先生一人、二十名の署名が集まった、学校当局は署名を集めた者、署名した者一人ひとりを呼び出しては、監禁し、脅迫めいた訊問、講師一名の解雇、女子学生二名退学処分）に対して、昭和女子大不当処分反対、学生連絡会議を結成、翌年の七日には安保反対平和と民主主義を守る全国学生連絡会議を設置した。壇上で背広、ワイシャツ、ネクタイの彼は、すみません、いいですか、と言い、ネクタイを取り、ボタンをゆるめ、背広を脱いで髪を指で掻上げて汗を拭き、演説する姿に、ぼくは何故か、東大の学生のその仕種に清清しい感動をしていたのを、いまでも忘れないでいる。その年は九月から謀略・松川事件被告全員無罪確定や十一月には米国ケネディ大統領の暗殺事件などもあった。

六四年三月には平民学連第一回全国学生文化会議で全国から千八百名が参加し、映画、演劇、文学、うたごえ等の分科会で交流した。その後は東京の学生が何回か文学の交流会を御茶ノ水の喫茶店などで開いた。東大、早稲田、慶応、都立、立教などの文学部の学生と大東からは五島、工藤、（他に一、二名いたと思うが思い出せない）も参加し、作品の評価やサークル誌、同人誌の実情を論議・交流をした。大学に帰校して、五島は同人誌を立ち上げようと言いだした。大東文化大学にはそれまで同人誌があったとは聞いていなかったし、サークルに参加していない学友の何人かを誘って実行しようという破目に落ち入ってしまった。まず研究会の三名と友人の一名を加えて四名での門出となった。題名は決まったので、発行所は林武志の住所にした。会費だけではなく広告も取ろうと、近隣の商店に飛び込んでお願いをした。大東文化大学の学生です。今度同人誌を出すことにしました。そこに宣伝、広告を載せてもらえないでしょうか。三百部発行します。広告料は、五百円（千円）です。二人が組になって十数件以上も話をして六件の広告（床屋、クリーニング店、茶店、食堂、文具、書店）を心よくもらえたことは始めての体験だったので嬉しかった。一〜二号に載せている。

同人の二号〜五号の作品と作者の識っているその後のことも書いておく。

林武志（筆名・志田敏之）小説・「蒼涼」、「父・母・子」、評論・「川端康成論―現実拾象の文学―」。林は立教大学の大学院を修了して二松学舎大学の教授を勤めた後、現在は鎌倉在住。

鈴木九郎、小説「へそさがし」「三文オペラ」、「城北文學」にも数編書いている。鈴木は岩手県出身で岩手の作家長尾宇迦をめざし、民族学臭の独特の小説を書いたが、大学は中退をし焼き鳥屋で働きながら三畳間の生活、若くして逝去したと聴いている。

五島政秀（筆名、いとうみのる、樋口実）小説「マサの帰郷」「夜明け」「ある愛の記録」。五島も「城北文學」 にも作品を発表しており、卒業後は病院に勤めながら評論を中心に発表した。都下の高校教師となったが、昭和五十二年三十九歳の若さで病気死去。『遺稿五島政秀評論集』。

北山純、小説「川の流れ」（思い出せないでいる）。

大沢誠一、評論「井上靖論―その詩と真実―」三年か四年先輩。

福原稟二（筆名原田勝）、小説「ある思い出のために」、福原は中国文学専攻で書家。卒業後は私立高校に勤め、今は都下在住。

工藤威（筆名、三枝薫、青山澄）小説「ははへ…」「死の渦」「空の礎」。いまも拙い小説を書いている。

これですべてである。五号同人誌で終わっただろうと思うのは、その年に、林武志、五島政秀、大沢誠一が卒業しているし、鈴木九郎は連絡がとれなくなっていた。

大東文化大学を卒業して半世紀をすぎて、自分たちの活動してきた学生時代はどうだったのか、と考えると忸怩たるおもいはあるが一粒の文化の種は蒔いたのではないか、と自負している。一緒に活動した学友たちのほとんどが出身地の教師として活躍し、いまは停年となり、賀状の交流はある。中野照司は三年時に体育系の学生に恫喝を受けながら自治会委員長となり、現在は東武東上線、東武練馬駅近くで古書「司書房」の店主をしている。もっと調べて叮嚀に書くとよかったのだろうが、なにせナマケモノで骨格だけになってしまい記入違いもあると思うが、お許し願いたい。氏名は敬称省略させてもらったことと、女性は旧姓のままにしました。深謝!!

（二〇一六、三）

付記

「北の文冢」創刊号（一九六五年一月発行）が福原稟二から手元に届いた。ぼくは持っていなかったのに……感謝にたえない。小説四編を掲載。鈴木九郎「空臼記」（五十枚）、三枝薫（工藤威）「山追の人」（四十枚）、伊藤実（五島政秀）「霧彦物語」（四十枚）、志田敏之（林武志）「峰の雲」（六十枚）を書いている。創刊にあたってでは「……私どもにとっては「北の文冢」が「私」の存在を位置ずける場となるのです。言いかえるなら、そういう信念のもとに創刊／……ええい、何でも書いてやれ、天地のひっくり返るようこのものを書いてやれ、とは少々振りかぶった言い方でありましょうが、ともかく一心にやってまいります」と二十代そこそこの若さ丸出の出発であったことが、今はほほえましい。

（二〇二〇－十二）

ぼくが関わった雑誌発行について（2）
『高島平文芸』

ぼくが東京都板橋区高島平団地二―二六街区に引越してきたのは一九七二年三月のまだ桜の蕾の硬い季節だった。その当時は公団住宅に入居できる確率は四十倍とも六十倍とも言われていて、妻は募集案内がある度ごとに申込んでいた。ぼくは、籤にはまるで弱いので当選するのはとても無理だろう、と諦めていた。ところが多摩の方の団地に入居当選の通知が届いた。その頃は三鷹市に住んでいて六畳と三畳の台所とトイレが付いているアパートの二階だった。妻と散歩などすると近くには森林太郎（森鷗外）、太宰治の墓石がある禅林寺の境内をぶらりとしたこともある、のどかな市街地だった。その頃ぼくは職場が四谷にあって、妻は四谷からバスに乗って皇居近くの劇場に職場があったので、中央線だけで通勤ができるかも知れないという思いはあったが、開発途上の団地群で場所と棟によっては徒歩三十分もかけなければ最寄りの駅に着かなかった。あと一ヵ所申込みをしているから、その結果を待とうとの妻の言葉に頷いていた。高島平団地の当選通知が来たのは一週間後だった。妻とぼくは小躍りして喜んだ。高島平は（元は志村と言っていた）ぼくの修了した学校の町内であったので地理的にはわかっていた。ただ手続きはすべて妻がしたのであったが……。

ともかく入居手続きをして引越しをしたのが添木された細い枝に白木蓮の花が一つ二つと咲きはじめる季節だった。自宅に風呂がある2DKの部屋は家具の少ないせいもあったが広広した空間だった。二万七千円の家賃は二人の一ヶ月の給料を合算してみると四割ちかくにもなる金額だったが、病院、区出張所、郵便局、小中学校、何よりも保育園が三園開園することになっており、三ヵ月の身重の妻には安堵する地域環境だった。それはぼくも同じであったが……。保育運動については別に書いているので、ここで筆を措く。

入居して一ヶ月は過ぎた頃であっただろうか、知り合いも少ない我家に突然電話のベルが響いた。ぼくの電話を何処で調べたのか、それは古舘和憲だった。彼は大東文化大学の三年後輩となる中国文学科の学生だった。当時学生運動で一緒に活動をしていた知り合いだった。あるとき、彼は中国語の勉強の為に中国に行きたい、と相談があった。丁度、その頃は「文化大革命」で紅衛兵が勢力を揮《ふる》っていた時期で〝今はとりあえず中止した方がいいだろう〟と「文化大革命」の実状も良く識らないで一晩かけて説得した記憶がある。それだけの知り合いだったので突然の電話には、新地域での生活ということで知りあいが一人いた、嬉しいというよりも驚きの方が強かった。

用件は、いま高島平に自治会を結成しよう、という話し合いがあって、呼び掛け人を捜しているというところで、その一人になってもらえないか、とのお誘いだった。ぼくは、自治会活動の中心にはなれないが結成発起人として名前を出すだけならいいですよ、と地域自治会の実態をまるで理解していなくて、ただ学生時代の繋がりというだけで了承してしまった。ぼくの曖昧で決断力の無い、その時時の日常に流されていく性格が成した結果だった。それがぼくの怠惰な責任逃れの性格を逃げ場の無い日常へと引き摺り込まされる動機になってしまった。

呼び掛け人の十名が集ったが、ぼくは古舘の他は初めて会う人たちだった。会社員、労働組合、個人商店、文化団体、主婦とそれぞれ個性豊かな人たちらしい、というのが第一印象であった。ともかく他団地の自治会資料を参考にして、まず準備会を二丁目賃貸の住民に呼びかけたのが五月末だった。準備会には三〇〇人を超す住民が集会場に集り、二、三十代が中心で熱気に満ちていた。それからが困難が多く、毎週の土、日はもちろん、週半ばの夜も含めて会議、会議の連続が十一月の結成総会まで続いた。会議に出席する人達はぼくのように優柔不断な性格の人は少なく、それぞれ、自民、社会、民社、公明、共産など政治的な目論見も見え隠れするのがやっと理解できるようになっていた。その経過を辿りながら保育運動、学童保育クラブの運動にも深く係わり、第一回団地まつり（三丁目賃貸、分譲にも呼びかけ）も盛大に開催されたし、自治会も地域ごとではなく全体で一つの自治会として十一月に正式に自治会が結成された。

そこでぼくが教わったのは、何か物事を決める場合には必ず幾つもの意見や見解が出される。そのとき一定の論議が煮詰まったとき出席者の多数決で決定するのではなく、発言者が納得するまで夜中の一時や二時になっても論議を続け、一致点で決めていくということであった。これが地域に於ける民主主義の原点なのだと、ぼくは心の奥底に留めた。その方法は今も自治会活動に変りは無いと思う。

そうそうこの初期活動の二年後だったろうか、自民、民社、公明が区議選に当選。共産党から古舘が二十代独身で立候補し初当選。その後は六期続けて区議として活躍した後、都議選でも三期連続当選、今は停年となり元気にしている。いつまでもこんなことを書かないで、（老人になると当時のことがね……）話を文芸サークルの発端にもどす。

自治会も動き出し、ぼくは退くこともできず中央役員となり、文化部に所属することになった。ともかく十一階、十四階の高層ビルが林立する団地で住民は平均年齢二十代半ばの二万人を超える密集団地であるから、文化の面でもいろいろなサークルが生まれてくることだろうからそれを援助していく内容が話しあわれた。会議の後、夜中の十時、十一時になっていると団地内で酒を飲ませるところはなく、駅の反対側地域でも飲酒店はまだ無かったので、会長の家などで〝家庭バー〟などと家族の迷惑を顧みずに朝方まで飲み明かす夜もあった。

そんなある夜中、キミは文学に関係あるそうだからサークルをやってよ、との声に、ああ、やってみよう、と気軽に返事をしてしまっていた。酒の席とはいえ相当酔っていたらしい。酔いが醒めると頭を抱えてしまった。〝止めた〟と言う訳にもいかず、十二月自治会報に、〝一月に文芸サークルをやりませんか〟とお知らせを出した。初回だったので日曜日の午後にしたのだったが、一時間経過しても一人も来なかった。ぼくはまだ二九歳だったので、大学の先生とか実際に文筆活動で生計を賄っている人が参加して来たら対応のしようがないな、と不安になる一方、誰も参加して来ないので内心は、これでサークルをしなくても済む、という安堵もあった。あと三十分待って来なかったら帰ろう、と思っていたのだったが、何と二人も来てしまった。それが中村朝子（婦人活動でエッセイなど）と、橋元英樹（詩人）だった。自己紹介でぼくよりも一まわりも歳上の人だった。三人だけれどもとにかく二月も集りをもとうということになり、『文藝春秋』発表の・第六十八回芥川賞の郷静子「れくいえむ」、山本道子「ベティさんの庭」の合評をすることに決めて別れた。案内は自治会報の三号と各号棟の案内板に呼びかけを掲示した。二回目の例会には平日火曜日の午後七時三十分にもかかわらず七名の人達が集まってしまったのだ。気使っていた恐れ多い人もいなく初対面としては和気藹藹とした出発だったが、ぼくの頭の片隅では、これで止められなくなったな、と言ったような心の奥底での決断が固ってもいた。三回目には六名が増えた。その例会で正式に高島平自治会文化部（承認）の文芸サークルが発足、月一回の例会、（戦後作家の合評・文庫で読める作品）月一〇〇円の会費、責任者、会計、連絡者はとりあえず工藤が担当することに決めた。声を掛けたのがぼくで、集った人たちの中でぼくがもっとも歳が下であったので、当面は仕方がないだろうと引き受けていた。四月の例会で、通信よりももう少しまとまった、エッセイ、感想、小説、詩などを発表できる雑誌を発行できないだろうか、と提案した。ぼくがサークル活動をすすめていくうえで、作品の合評をしていくだけでは、数回話し合うと、だいたいこの作品は、彼は彼女はこんな評をするだろうな、といった内面評が読めるのである。ところが文章は、この人がこんな内容を、といった思いもよらない文章を書くので、文芸サークルとしては続くかも知れないといった思いがあった。三、四人の賛成で雑誌名『高島平文芸』、表紙も何も付けないで三段組、Ｂ５版でタイプ印刷と決めていった。発行するのには制作費がかかるので、執筆者から原稿４００字詰用紙一枚一〇〇円を徴収することも決めたが、ともかくお金をかけないで作成させることを念頭において、知人のタイプ印刷屋に相談をした。

四月の例会には思いの外で九名の人たちが作品を寄せてくれた。『高島平文芸』創刊号の発行は一九七三（昭和四八）年五月。目次を取り出すと、〈創作〉「行方不明」中村朝子、「私の履歴紹介」紀田真穂、「愛」増田美佐子、「荒川北岸」志麻明子、「子猫と子供」工藤威、〈感想文〉「ベティさんの庭」中野陽子、短歌「さわやかな朝」関瑞子、〈詩〉「夢」、「こだま」橋元英樹、「君にもあなたにも」「とりたてて」「時間」泉山能子である。〈編集後記〉「高島平の団地に文芸サークルを発行して五ヶ月、やっと『高島平文芸』を創刊することができました。雑誌の体裁や、作品など大変未熟ですが、これを機会に団地内の文学愛好者、またなにかを自分の手で創ってゆきたいと思っている人達に喜こばれれば私達も嬉しく思います。後略」とあり十八頁、二五〇部発行の小雑誌で定価は一〇〇円だった。

第二号は一九七三（昭和四八）年十月に発行。三宮隆興、くまのしょうじ、三宮五月、蔵田郁子、鷺文雄が創作を、たかやまかずえ、志知真紗子、有馬敏彦が詩を、沖田洋介が短歌で創刊号より新しく加わっている。三二頁になった。

第三号は一九七四（昭和四九）年二月十日に発行。〈創作〉「行方不明」（続）中村朝子、「春子と夏代」紀田真穂、「黒い猫」武藤小夜子、「旅立ち」三宮隆興、「別れ」増田美佐子、「秋風の中を」くまのしょうじ、「雨のある日」三宮五月、「学生村」山本さわよ、「メリイ・クリスマス」志麻明子、「部屋」工藤威、「白い花」橋元英樹、〈詩〉「１９歳最後の日」蔵田郁子、「炎える」たかやまかずえ、「狐」泉山能子、〈短歌〉「雑詠」関瑞子が作品を発表、三四頁の表紙付の発行責任者は工藤威、編集責任者は橋元英樹となり編集後記は工藤が書いた。その真意は〈昔から三号雑誌とよく言われている。わたしたちの『高島平文芸』もその三号雑誌と言われるところまで、やっとの思いで発刊することができたことだ。三号雑誌とは余りいい意味で使われてこなかった。しかし、創刊号発行のときには、せめて三号雑誌であったと言われるまで頑張りたいと思った。今、三号を発刊してみて、その三号雑誌と言われる言葉の重さをかみしめている。それは三号まで発行すると、それぞれの参加人が一本立ちできる、できなければならない重さであるのだろう。しかし、わたしには三号まで発刊し続ける時間の長さと、参加人員の構成のむずかしさ、金銭的な困難、中心的な活動家の疲労、己の能力の無さのみじめさ、それが最も集中的に爆発するのが三号雑誌と言われる内容なのだろうかと痛感している〉。引用が長くなってしまったが、この十ヶ月の間に一回でも例会に顔を出した人も加えると二十名は超えているだろう。そのなかには「国家社会主義者」の北一輝を論評した評論家とか新人賞を受賞したばかりの宮内勝典も顔を覗かせたと思うし、少からずの変化があった。その一例が、二丁目の荒井南海堂書店（現・南天堂書店）には創刊号より無報酬で場所を提供していただいて、創刊号は四十人、二号は六十五人が、『高島平文芸』を買い求めて下さっていたことです。これにはぼくも嬉しいやら驚くやら、ともかくも目を瞠《みは》るばかりでした。また自治会文化部から公認サークルとして年五〇〇〇円の援助金が支給されたことも会場費などの為に助かったことでした。

そのなかで地域新聞『団地新聞高島平』（現・『高島平新聞』）は発行する号ご

とに紹介や短評を必ず掲載していただいていたし、特に三号発行時は『毎日新聞』一九七四（昭和四九）年四月一九日付の同人雑誌採点で評論家・久保田正文が「『高島平文芸』が昨年五月に創刊され、この春三号を出している。高島平団地自治会文化部文芸サークルの発行である。サークル雑誌としてひとつの新しいスタイルであるだろう。全国各地に大きな団地が出来ているわけであるから、この種の集まりや雑誌が他にもつくられているかも知れない。職場単位のサークルとは別の意義と役割を受けもち、果しうるはずである。中村朝子「行方不明」は力作であり、工藤威「部屋」、橋元英樹「白い花」なども短編としてまとまっている。」の評は地域サークルの意義を汲み取ってくださり望外の喜びであった。この後は、『赤旗』サークル誌評、文芸誌『民主文学』支部誌・同人雑誌評、『文学界』同人雑誌評などでもたび度寸評をしていただけるようになったのは存在価値を少しみとめてもらえたことと会員への励ましにもおおいになっていった。

その後、年三～二回のペースで発行し、五年を経過した一九七七（昭和五二）年五月一日に『高島平文芸』十号を発行できた。年数を重ねた記念号なので目次を表記することとする。〈小説〉「春雷」工藤威、「抵抗への軌跡」宇高博、「古い文庫本」吉野都、「抗えぬ季節」吉田いづみ、「春画の回覧」鷺文雄、「ほのかなる祈り」（最終回）紀田真穂、「青春の坂道」中村寿二、「姉ちゃん」くまのしょうじ、「肉」伊藤英美子、「小さいイタズラの波紋」平石芳和、「北風」橋元英樹、「長崎だより」佐藤絹子、「星の家族」志麻明子、「親が親なら」中村朝子、〈詩〉「春ー時よー」伊藤ふみ、「茶碗・夜の埠頭・あお桐の花の咲く頃」おぐらせい。十六名の執筆者と四〇〇字原稿にすると四七〇枚となり一一〇頁の大書になってしまった。合評は作品が多いので日曜日の午後を目一杯時間を使って感想や寸評をのべあった。ぼくは作家や評論家に教わって文学を学ぶということが好きではなかったので、特定の作家や評論家の分析や創作の方法を教わったりしないで、会員同志が自由に闊達に論議をすすめていった。そこにはやはり会員としての仲間のマンネリ化もあり、創作表現方法や分析を作品に即して懇切で叮嚀な評が欠けていた傾向はまぬがれ得なかった。しかし活発でなかったか、と言うとそうでもないし和気藹藹と語り合っていたし、例会はだいたい月半ばの木曜日の夜、七時三十分〜九時三十分くらいまで続き、まだ語り足りない人は缶ビールを買って、公園の外灯の下の椅子に座って飲みながら十二時ちかくまで話す夜もあった。

十号以前になるが『文学界』八月号同人誌評で林富士馬が「『高島平文芸』（高

島平団地自治会文芸サークル、六号）には、「創作」として、十三篇くらいの文章が掲載されている。詩、俳句、短歌以外の散文ということで「創作」ということばが使われているのであろう。サークル誌とか同人雑誌といっても、つまりは、「文学愛好者」或いは又、読者サークルのような形のものが大半を占めるようになった。文学には、お茶やお花などの稽古ごとと共通する遊芸の側面もたしかにあるが同時に、近代文学ということになると、そこに一般の市民生活の秩序と相反するところのもの、兇々しいなにか、悲劇的ななにかが底にあることも充分に認識しておくべきであろう。」と現役の作家としては微温湯《ぬるまゆ》につかって書いているサークルの現状に喝をひとこと言わずにはいられなかったのであろう。

ついでに煩わしさを厭わずにもう一〜二編をとりあげると。

『赤旗』サークル誌同人誌評に〈リアルな実態を通じて〉『高島平文芸』十号の工藤威「春雷」は、「入居して二、三年間は一日に「母子手帖」の発行数は五冊にちかい。1ヵ月に一五〇冊、一年に千八百冊にのぼる」というマンモス団地の人口急増のなかでパンクしそうな保育所や小学校、さらに児童の八〇パーセントが学習塾に通うという異常な状況を描いた作品である。特に学習塾に通わないこどもたちが閉ざされた部屋にこもってたがいに電話をかけあって遊んでいるという、背筋の寒くなるような実態を通じて具体的に描いている点で成功している。主人公の「自分の家に電話するのに恐怖感があった」という感想もよく効いている。という作家・森与志男の評は当時のぼくを随分と勇気づけてくれた。

『団地新聞高島平』では〈地道の中に佳作も〉『高島平文芸』第十一号を発行（『高島文芸』十一号が出た。高島平団地の同人文芸誌として、号を重ねるごとに地道ながら着実な歩みをつづけてきている。今回は、原稿到着順ということだが創作十二編、詩七編を掲載、はじめに新人の福田牧男、最後にリーダーの工藤威で、しめくくっている）その後に作者、福田牧男、佐藤絹子、中村朝子、くまのしょうじ、志麻明子、橋元英樹、の作品短評がなされて最後に（ほかに宇高博「夾竹桃」が、小品ながら印象深い。『高島平文芸』第十一号は高島平南海堂書店で二百円で発売中）といつも暖かい励ましの評と宣伝までして下さっていた。

文芸サークルも十年を過ぎると退会したり引越しなども多くなって『高島平文芸』の発行も年に一回が多くなった。ぼくも一九七九年の三月には二丁目から三丁目へと引越した。

連絡先はぼくの住所だったが、発行は、高島平二丁目団地自治会文化部文芸サークルで通していた。十三号の一００頁後は半数それ以下の頁数となってしまっていた。引越しなどでいかに退会する人が多いか、執筆者と雑誌の頁数が物語っていた。十周年記念特集号十六号を発行したのが一九八二（昭和五七）年。それから五年を経て第二十号記念号を発行したのが一九八七（昭和六二）年だった。目次は〈小説「鷗たちの海」福島久男、「漂う部屋」黒沼秀一、「父と落花生」林みさを、「地球《テラ》で（二）」中村壽二、「ごまめ小屋だより（三）」くまのしょうじ、「いつか見た人」吉田いづみ、「山もも」宇高博、「鳥居のある光景」工藤威、〈童話〉「ヘビははらぺこ」くまのしょうじ、〈エッセイ〉「水鳥・気持はあっても・今、わたしは」紀田真穂、〈詩〉「ねこや」小倉勢以である。サークル結成から十五年が経ち、例会には参加者が少なくなり、何よりも続ける意欲が会員のなかに薄れていってしまったことが大きな原因であったろうと思っている。

思い出を記すと、桜の季節の花見会を赤塚公園で数回開いていたし、正月の三ヵ日には、カルタ会と称して、百人一首をやったこともある。ぼくは北海道出身なので、短歌を全部読むのではなく下の句だけで読み、次の下の句を読む、そして取札は木札で墨で下の句が草書になっている。旭川の友人からデパートで買入して送ってもらっていたのだが、カルタ遊びとしても馴染めなかった程だ。

自治会の年間行事のなかでは文化祭を開催したときは、集会室で文芸講演会を開催した。第一回は、一九七三年「太宰治の人と文学」と題して戸石泰一・作家（著書『青い波がくずれる』他、太宰治に師事）。第二回は一九七四年十一月「詩・愛・文学」と題して中里喜昭・作家（著書『自壊火山』『またふたたびの道』他）。第三回は一九七五年十一月「妻・母・文学」と題して松田解子・作家（『おりん口伝』田村俊子賞受賞、他）に一時間講演してもらった。講演後のコーヒーを飲みながらの交流も楽しい時間であった。

自治会団地まつりでは文芸サークルとして、古本市を開催日を通して開店した。友人の古書店・司書房に無理に依頼して、卑猥な本は除いて、漫画、児童書、単行本、雑誌などを並べてもらっていた。雨の降った年などは大変だったと思うが、十年ちかく協力してもらっていた。

これで文芸サークルの足跡をたどるのは最後にする。十八号ちかく続けてきた文芸サークルも例会を開いても一～三名しか集まらなくなって『高島平文芸』も一九八九（平一）年八月二十日に第二十一号を発行したが、〈小説〉「夏の集い」福島久男、「いきがい」紀田真穂、〈四つの詩〉熊野正治、と〈後記〉「高島平文芸サークル」を休会するにあたっての感想をぼくが書いて休刊にした。十七年と七ヶ月の活動であった。ともかく「いまの状態では続けられないと判断している。しかし、この十八年にちかい歳月をついやしてきた文芸サークルが、無であったかといえばけっしてそうとは考えていない」と記しているが、今もその考えに変わりはない。やはり流動性のはやい高層密集団地であったこと、ぼくが一番若手で後継者をつくれなかったこと、何よりも非力であったことが大きな原因だったと思っている。多分、今まで五十名以上の会員が参加して下さったことに感謝を込めて筆を措くこととする。

〈二〇一八年三月〉

〈追記〉

平岡敏夫さんの逝去が二〇一八年三月十三日（火）の「赤旗」で報じられた。

「〈ひらおか・としお＝国文学者、詩人〉五日、肺不全のため東京都内の病院で死去、八十八歳。香川県出身。／筑波大学教授、群馬県女子大学長、日本学術会議会員などを歴任。北村透谷や夏目漱石をはじめとする日本近代文学研究で知られ、著書に『日露戦後文学の研究』『佐幕派の文学史』など。」

この記事を眺めていると、ぼくの脳裡は一瞬空白となり、ただその字面を追っていた。何秒間だっただろう、ああ、そういう年齢だよね、と言う意味の無い言葉が洩れていた。

もう五五年も前になるが、ぼくが大東文化大学の文学部へ入学したのは一九六三年で、当時の大東の日本文学科は古典文学が主流だった。ぼくは古典文学はほとんど読んでいないので現代文学を専攻しようと決めていたのだが、講座数は少なく、平岡教授の講座を受講した。教授は一九三〇年生まれで、三十三歳（東海大学文学部助教授、横浜国立大学・大東文化大学講師）で新進気鋭の北村透谷研究者（授業を受けるなかで識ったが）だった。授業は透谷像序説を皮切りに、詩と散文『楚因之詩』や「内部生命論」、そして透谷周辺の作家たちと、それは情熱的な講義だった。ただぼくは透谷の詩文は初めて読んだので、内容はまるで理解できないでいたのだったが、訥訥と話しながらだんだんと熱をおびる講義に身を引きつけられた。次の年の演習では、学生に調べてきた作品を十五分間報告させて討論する形式だった。教授は以前に藤村の詩についても講義をしていたので、ぼくは藤村の『若菜集』など以前の農民を詠んだ詩について報告をしたことはあるが冷汗が背筋を流れ続けたのを記憶しているだけであった。留年した五年目の卒論では志賀直哉の実人生の和解と小説の「和解」について拙い文章を展開させたのだったが、その経過で二度ほど副査としての指導を受け、無事単位をいただいたのだから感謝。当時はすでに著書『北村透谷研究』（有精堂出版）が刊行されていた。その後の五十年は賀状やぼくの拙文を送らせていただいたときは、必ず万年筆の自筆で作品の寸評をつけて返事がきた。ある手紙では、今電車の中で書いている、とあったから多分、筑波大か群馬女子大に通っていたときのものだろう。つい三年前の賀状には、「五十年前に三回連載した『明治文学史研究　明治篇』いま三分の二以上印刷ずみですが、あとの原稿がなかなかで」——とある。昨年七月には「『城北文芸』第五〇号拝受、皆さんよく頑張りましたね。御文章はその歩を自身の歩みと共に描いて感銘を受けました。とりわけ五島政秀遺稿集、上釜武のくだりは強く心を打たれました。…………」とあり、教授の律儀な対応と不肖の当時の学生にも心のこもった長いお付合をしていただいたことに感謝します。

詩集『浜辺のうた』（二〇〇四年十二月　思潮社刊）より一篇「浜辺ありけり」を掲載させていただく。

「浜辺ありけり。磯道のつづくありけり。満ち潮に水漬《みず》く道なり。足首を濡らす道なり。赤い郵便自転車のしぶく道なり。少女を追い越す少年の心ときめく道なり。（一行アケ）浜辺に小蟹らの穴つづくありけり。白砂を穴にさらさら流すありけり。白砂をたよりに蟹を掘り当つるなり。蟹裂きて麦藁刺して、しゃぼん玉を飛ばすなり。しゃぼん玉の向こうに灯台ありけり。灯台を束の間《ま》隠して伊号潜水艦過ぎ行けり。（一行アケ）浜辺ありけり。遠浅のつづく浜なり。浜砂に東海老の跳ねてありけり。浦々に寄る巡航船ありけり。時化《しけ》の中、受験生を運ぶなりけり。少女らの別れに汽笛鳴らすありけり。浜辺ありけり。浜辺には千鳥ありけり。浜辺に突っ込む舟艇ありけり。兵士らの軍靴に蟹の穴潰えたり。復員の少年兵のたどる道なり。船もなく、人影もなき浜辺なりけり。」（二〇〇四年十二月刊）

　十五歳まで生まれ育った少年の浜辺に対する単なる懐想ではなく敗戦への重い追憶と環境破壊にまで深められている慈悲深い詩集となっている。心より合掌。

（二〇一八、三、一四）

ぼくが関わった雑誌発行について（3）
―『城北文芸』誌―

昨秋十一月三日文化の日、数年ぶりに大東文化大学の第九四回大東祭に参加してみた。ぼくは高島平団地へ初期からの入居なのでもう四十四年になるだろうか、住んでいる三丁目から一丁目にある大東文化大学の高速道路下の道路を自転車でよく通るのだが、正門入口には警備室があって校内にまで入ることはなかった。卒業してから五十年になるので全体的に新築され変貌しているのはもちろんで、当時は校舎を取り囲むコンクリート塀などはなかったし、正門左建築の第一高等学校（黒服で七ッ釦の男子のみ）は一号館に、右に木造二階建ては剣道、柔道の道場と食堂があり二階へ昇る階段はギシギシと音をたててい、二階の入口近くの売店でオバちゃんからコッペパンを十円で、少し余裕があるとジャムを割ったところに塗ってもらって十五円だったたか、そこは二号館。その一番奥にレンガ造りの四階建ての教室があった。体育館や他の建物は何もなく廃田の草原が荒川まで続いていて、空時間に草原で寝転んでいると空高く雲雀の鳴声が聴こえていたし、風の強い日などは教室の机の上が茶色の砂埃が積ってしまいチリ紙などで拭いて授業を受けていたのだが、いまは三号館。その近辺は、多目的ホール、本部、体育館、厚生棟、左奥に大東一高（いまは男女共学）と洒落た近代建築が林立している。半世紀が過ぎると面影は何も無い。その三号館三階に階段を昇ると、文化系の部やサークルが並んでおり、書道、落語、美術、漫画、劇団、児童とあるが、日本文学研究会は見当たらなかったので國文學研究会の看板のある教室に入った。孫のような男の子が二人いて、入口にいた子が、案内と雑誌を手渡してしてくれて、長テーブルの丸椅子に案内してくれた。「飄々」という題名で七六号と号を重ねている。小説、詩、研究と十名ほどが書いている活版の表紙は少女マンガチックな研究会誌だった、発行は大東文化大学連合会全國文學研究となっている。窓際のテーブルにコーヒーを紙コップに入れて運んできた学生が、ゆっくりとして行って下さい、と言う。ぼくは初々しい孫のような二人の学生に、コーヒーを一口飲んでから、文学の研究会は他にないの、と訊くと、児童文化かなはあるけど……、この研究会は随分前から活動しているの、いつからかはわからないけれど……前からあります、という応えが返ってきた。このオヤジはいったい誰なのか、といった疑惑を顔に浮かべている。ぼくはショルダーバッグからガリ版刷りの『城北文學』五号とタイプ印刷の六号を出してテーブルに並べ、君達からすると、今から半世紀前のオジイさんだが、ぼくは大東の卒業生で、日本文学研究会をやっていたんだ、その頃の研究会誌だ、と言うと、わあ古書店の年代雑誌みたいだ、と、そろりとセピア色に変色している頁を興味深げに開けている。ぼくは学生時代の研究会活動について少し話して、もしかしたら一緒に日本文学研究会にいた同級生の高橋政俊が脱会して創った國文學研究会が続いているのかな、そう言い置いて、当時の内容が少し書いてあるからと『城北文芸』のぼくが書いたエッセイの四十九号を渡して会場を後にした。日本文学研究会は何処へ消えたのか、隔世の感が脳裏を駆けめぐっていた。

『城北文芸』の出発の頃を書こうとしていたのだが横道に逸れすぎてしまった。前号でも書いているのだが、ぼくは一九六三年に大東文化大学に入学し、日本文学研究会でサークル活動をしている。その研究会で一学年先輩の五島政秀に文学だけではなく学生運動やデモや集会など政治的な活動も影響を受けた。研究会の文学散歩などでは太宰治が玉川上水に身を投じた用水路など、川淵が背の高い雑草に被われ、雨あがりの細い川だったのか碧い水流で底が見えなかった。ここが三日間も不明だった川。三鷹市の禅林寺に太宰治の墓塔があり六月一九日の桜桃忌に二回ほど参加したことがある。広い本堂の畳敷に長テーブルが並べられ四、五十人は超える参加者で若い女性が多かった記憶があるが、背の高い白髪の老人が太宰について語っていた。あとで亀井勝一郎だと知らされた。ぼくは太宰の愛読者ではなかったが、多くの文学者が集まっていたのだろうし、もしかして弟子であった戸石泰一、小野才八郎も参加していたのかも知れないが、知らなかった。二人とも文学同盟（会）に初期から加盟していた作家であった。

同人誌の創作ということで言えば、いつも着物姿で下駄を鳴らし髪を長く風に靡かせていた林武志に、小説とは縁のない日常にいた田舎者のぼくの心は揺すられていた。林とは『北の文家』で同人として活動していたが、日本文学研究会、文学同盟板橋支部では一緒ではなかった。

ぼくが大学二年の一九六四年頃は研究会・『城北文学』、同人誌の『北の文家』と学生運動とそれに関連しながら政治的な活動もしていたし。六五年の春には二年間の新聞配達もやめて、これも五島政秀の紹介で小豆沢病院の警備のアルバイトに替わっていた。夜の八時から朝の八時（十二時間）の宿直警備を五島と一日置きに交替での勤務だった。

大東祭などに研究会として教授の講演会や文芸講演会には西野辰吉には小説『秩父困民党』(毎日出版文化賞を受賞していた)について話をしてもらった。五島と都下の都営住宅に西野辰吉の家へ訪ねた日があった。うす暗い四畳半に入ると座机があり、壁には五段の本箱が二つ、雑然と単行本や雑誌が並んでいた。部屋の内は、ぎっしり積んである本棚に囲まれているのでは、と想像していただけに、賞を受賞した作家でも、……という想いが胸を刺した。奥さんは仕事で留守、お茶を出していただいた記憶があるが、話の内容はまるで覚えてはいない。五島は西野とのつながりもあったのか、西野、金達寿、霜多正次、窪田精、佐藤静夫等が新日本文学会・リアリズム研究会で『現実と文学』の雑誌を発行し、文学活動をしていた人たちとの交流をしていた。ぼくはまるで金魚の糞のように五島に誘われると、読書会だったか、創作研究会だったかに数度顔を出し、ときには『現実と文学』を買っていたが、時間も金も何よりも文学に対する気概がなかったので参加はしてなかった。

ぼくが三年になった春(一九六五年)に新日本文学会を除名された作家・評論家が中心となって新文学団体ができるからと加入をすすめられていた。八月二十六日に日本民主主義文学同盟が創立大会を開いたが、ぼくは準同盟員としても参加しなかった。アルバイト（生活費と授業料を稼ぐため）と大学の授業、日本文学研究会、『北の文家』同人、全学連の運動、そして時々の政治的な集会や勉強会などがあり、文学創造では、『城北文学』や『北の文家』に三〜四作品、とても小説とは言えない短文を書いているのみだったので、とてもその資格もないと思っていた。ただ民主的な文学運動の重要なことは知っていたし、文学同盟の板橋支部のその年に立ち上げることは賛成していた。『民主文学』の読者ではあったので、同盟員の北村耕（評論）飯野博（評論）飯野芳子（小説）仁池長太郎（小説）五島政秀（評論）の後について板橋支部の例会や運営などについて、飯野や北村の自宅や大山駅近くの喫茶店などで合評の例会を重ねていた。創造団体であるから雑誌を発行していくことで何度も例会のときばかりではなく会議を開いていたが、発行が出来る準備が整ったのは創立してから三年近くが経ってからであった。そのなかでぼくも準同盟員として加った。

さて支部の雑誌名をどうしようか、いう段になるとなかなか意見がまとまらないものだ。ただ板橋区なのでそこから離れた抽象的な名前はふさわしくないだろう、と言うことになったが、板橋文学（文芸）ではあまりにも文学臭がなさすぎるだろう、と言うことで、『城北文芸』になったのだが、僕はまだ学生の身で

『城北文学』を発行しているので、こだわりはあったが賛成した。

ぼくが小さな出版社に勤めはじめたころに原稿が集まってきて、一九六八年五月二五日に創刊号を発行している。「創刊にあたって」で「前略――支部が結成されて二年有余、私達はつねに自分達の雑誌をもつことを計画してきた。そのたびに一部の慎重者から冒険をいさめられてきた―中略―板橋の民主的な文化運動にたずさわる多くの仲間達や労働組合や地域の仲間達と手をたずさえて、板橋に灯った文学同盟の灯をさらに力強く燃えあがる炎としなければならない。」と宣言している。

創刊号の目次は、〈小説〉「律子」桜井淳子（ぼくのミスで、稲沢潤子名をまちがえて表記してしまった。今でも悔いている）「二度目の捺印」幼木令吾、「最後の言葉」仁池長太郎、〈評論〉『「みやげもの」の文体』北村耕、「小室信介察」飯野博、『「ひとつの青春」と「間島パルチザンの歌」』五島政秀、〈職場記録〉「看護婦一年生―看護日記から―」大橋富子、〈詩〉「只ひとつの心」橋口拓王の八氏の作者名である。七十頁の雑誌と十二名の支部員の船出だった。

十二月に発行した二号には〈戯曲〉「斗い」向井冬郎、〈日記〉「中国日記―文化大革命一側面史―」山川久三、〈特別寄稿〉「民謡をたずねて」文工隊荒馬・渋谷いさおが初登場しているが、この号の「一足目の靴」稲沢潤子の小説が『民主文学』に〈今月の新人〉として掲載された。

小さな出版社を十二月で退職したぼくは、四谷・麹町マンションにあった日本民主主義文学同盟の事務所へ初めて訪ねた。その頃、板橋支部で『民主文学』の支局として六十〜七十冊を受持っていたので、直接取りにいった。『民主文学』の発送を最後まで手伝い、その間の話のなかで、いま人手不足なので、日常の事務を手伝ってもらいたい、との申し出だった。ぼくは失業保険をもらっている身だったのですぐに了承した。二ヵ月ほど毎日手伝っているうちに、事務局員が一名不足しているので事務局に入ることをすすめられた。支部の例会でも常任幹事だった北村耕にもすすめられた。新しい職場の目途もなかったし就きたい職業もなかった。文学運動に情熱を持っていたか、当時のぼくには心もとないことだけれどもともかく事務局員になる決心をした。その三月二十一日〜二十三日、文学同盟の第三回大会で、事前から論議されていた『民主文学』の「サークル誌評」の「差別用語」表現問題や文学運動のすすめ方について紛糾していた。はっきりとした記憶にはないが、大会の最終日だったろうか、帰りの電車が同じだったということで、西野辰吉、金達寿、伊東信、北村耕、仁池長太郎、五島政秀、もっといたとは思うが……池袋の金達寿の知っている中華料理店にぼくもついていった。そこで文学運動、創作方法、政治のこと、もちろん第三回大会についても飲みながらの論議になったと思うが、ほとんど想い出せないが、多分、金達寿だったと思うが、文学運動はいろいろあるが小説を書きたいんだったら頑張っていけ、というような内容で言われたのが心の片隅に残っている。

大会で事務局員として承認された二十五歳の門出だった。

その直後、六月に三号が発行された。新しく上釜武、長野美佐子が小説を書き、北村、仁池、五島も小説や評論を発表している百四十頁の厚い雑誌になっている。編集後記で〈三月（民主主義文学同盟第三回大会）の風はいまだ強く冷たい。私達の目前を透明と音無しのかまえで、右往左往している。─中略─三月の風が強ければ強い程、冷たければ冷たい程、やがて来る春のそよ風が私達をあたたかく大きく包んでくれる〉と当時の微妙な空気を記している。

それから一年半がすぎ、種々の事情や引越しで飯野博、芳子、稲沢潤子、文学運動の方針やすすめ方に批判的だった北村耕、仁池長太郎、五島政秀等同盟員が板橋支部を去って行って、残ったのは二十代の準同盟員五、六人だった。例会も常盤台の駅前喫茶店などで、二、三人で細々と続けていた。やっと四号が発行できたのは、一九七〇年十二月であった。寺田茂、冬木矩文が新しく小説で加わった。三八頁の『城北文芸』だった。

一九七二年十二月に二年近く経て第五号を発行。向井冬郎「母の箪笥」が支部誌同人誌すいせん作品。七四年第七号で工藤威「誕生」、七五年九号で上釜武「素顔の明日」も支部誌同人詩すいせん作品として『民主文学』に掲載された。この七～八年の苦しい板橋支部の例会を支え、支部誌に寺田茂、豊島真、有馬八朗、幼木令吾など地道に小説を発表してくれていたことに感謝したい。

『城北文芸』第十号記念号を七六年三月に三段組一五二頁で発行している。目次は〈小説〉「遊場」工藤威、「順番」田中山五郎、「銭が憎い」増田良吉、「豊台」本橋勝、「庭」青木和子、「冬の出発」山本佳子、「レッドパラソル」（3）有馬八朗、「冬と春の間に」上釜武、「僕は進学しない」向井冬郎（田村光雄の筆名）、〈詩〉「ハローグッバイ」たかやまかずえ、「ポーズ・他」もとはしまさる、「ふとん・他四編」田中山五郎、「或る思いに」絵怒原織十、〈児童・記録〉「たまごの木」丘告天子、「秩父事件を訪ねて（その一）」野村正太郎、〈依頼原稿〉「女の家」山川久三、「板橋区支部のころ」稲沢潤子、「書けないままに」飯野博、「地域の文学運動と文学創造―。『城北文芸』創刊号から9号に即して―」桜井幹善、「―編集後記にかえて―十年をふり返って」工藤威。記念号の編集者・上釜武、責任者・向井冬郎。この頃は二四～五名の同盟員、準同盟員で構成。例会も高島平団地であったり、病院の会議室、集会室などで実施し、毎月の例会と年に一回の支部誌発行は続けて、今号で五十号となる。この五十年に板橋支部のアンソロジーとして『城北文芸民主主義文学小説集』を一九八四年に出版、〈小説〉上釜武、田中山五郎、本田功、奥野竜平、清水法夫、吉田悦郎、工藤威、有馬八朗、田村光雄、解説・山根献。青磁社、一八〇〇円。

『城北文芸短篇撰』第二集、二〇〇五年に出版、〈小説〉田中山五郎、工藤威、石本智隆、田村清、木下清茂、有馬八朗、吉岡健二、本田功、山岡冨美、田村光雄、〈詩〉はしもととみこ、〈俳句〉早瀬展子、〈解説〉吉開那津子・群青社刊、二〇〇〇円。を上梓している。

板橋支部所属の加盟員の単行本をここに記す。

『遺稿　五島政秀評論集』一九七八年発行。編集委員会編。（五島政秀は一九七七年に中野病院で病死している。五日市高校（定時制）の教師をしていた。東村山市の都営住宅・集会室の通夜の席で西野辰吉と会った。黒縁の眼鏡、ベレー帽と飄々とした風貌は変らず、お清めの酒を飲みながら、彼がぼくの葬儀委員長をしてくれるはずだったのに、と沈んだ声での言葉が耳に残っている。五島もいろいろあったが、板橋支部の初期は彼がいたからできたので、ここに記しておく。

『素顔の明日』上釜武　青磁社、一五〇〇円、一九八九年発行。上釜も一九八九年三月にこの本を胸に抱いて病死している。四十代半ばの年令だった。

『咲子』本田功　本の泉社、一八〇〇円、二〇〇四年発行。『化粧する男』田村光雄　民主文学館・光陽出版社。一五〇〇円。『看護日記』はしもととみこ　視点社　一五〇〇円、一九八三年。『柱時計』山岡冨美　東洋書店　二五〇〇円　二〇一四年発行。『飯事国家』吉岡健二　自費出版　一三〇〇円　二〇〇八年発行。『春一番』有馬八朗　自費出版　二〇〇一年発行。『五・一広場』田中山五郎　本の泉社　一七一四円　二〇〇五年発行、『徳丸ヶ原異聞』他。『遙かサハリン島』工藤威　群青社　二〇〇〇円　二〇〇五年発行、『浮かぶ部屋』他。

半世紀の間、日本の民主主義的文学運動の再出発を東京・板橋支部の日常の活動を考えてみようと思う。文学同盟（会）の規約では三名以上の同盟員〈準会員〉で結成することができる。板橋支部に所属するには例会もその時々によって小人数（二人いれば例会は流さない）だったり、二十人ちかくの多勢で開いた月もあったが、ともかく中止にした記憶はない。例会は『民主文学』の小説の合評が中心で〈現在は「日本近代短篇小説選」〈岩波書店文庫本〉からも一作品取り上げている〉あとは運営、財政、編集について話し連絡しあう。『城北文芸』を発行した年は午前十時から午後四時～五時まで集中的に合評する。常任幹事の作家・評論家に講師をおねがいしている。初期からそうだったが、地域に根ざした文化・文学運動ということで、婦人団体、労働組合、板橋詩人会議、文工隊荒馬座、都議・野村正太郎にも協力してもらって、『城北文芸』の誌面を充実させてきた号もある。年に二回発行できたり、二年に一回の発行だったりはあったが、今号は五十号なので年に一回のペースで五十年も走ってきたことになる。平均年令が二十歳の年代も数年続いていたが今は六十、七十、八十代になっている。当然のことであるが、やはり若い世代に受け継がれていない会の弱体が原因だが、だまって手を拱《こまね》いていた訳ではないのだが、政治の右傾化、労働対策の困窮化、文学〈創作〉が若者のなかにパソコンやデジタルの波のなかで、労力と資金が必要となる文学運動などに対応出来てこれなかった要素が大きいと思う。現在は八名ほどの支部会員になっているが、新聞などのチラシの広告や働いている人たちや友人知人によびかけて広げていきたい。今日まで『城北文芸』の各号の誌面を豊かにしてくれた人たちは五十人は超している。その人たちと同時に編集、運営、財政で地道に活動してきた、田村光雄、有馬八朗、田中山五郎には特に感謝したい。蛇足や言い足りない文章になったが、ともかく筆を措く。

（二〇一七・四）

工藤　威　自筆年譜

家族年譜

一九〇八年（明治四一年）

六月二五日、工藤武雄・秋田県鹿角郡七瀧村上向字鴇弐拾七番地にて、平太郎・イワの長男として出生。

一九一〇年（明治四三年）

四月一〇日、和田キツ・秋田県鹿角郡小坂町にて、藤太・ヨシの次女として出生。

一九二九年（昭和四年）

十一月二十一日、武雄（二十一歳）、キツ（十九歳）結婚、秋田県鹿角市十和田町山根字前田三十五番地に平太郎、イワと同居。

一九三〇年（昭和五年）

一月一六日、長女テル（秋田県）で出生。

一九三一年（昭和六年）

一二月一五日、長男寿雄（秋田県）で出生。

一九三五年（昭和一〇年）

四月二一日、樺太に上陸、武雄、キツ、テル、寿雄。樺太名好郡恵須取町本通二丁目に移住。当時、秋田の家には武雄の弟二人が幼児でいたため生活も苦しく、母の兄が樺太で製紙会社系列の大平炭礦の工場長をしていた関係で、それを頼って出稼ぎ移住。港で艀から船へ石炭積や飯場の飯炊き等の仕事をしていた。十一月五日次女マサ（樺太恵須取）出生。

一九三八年（昭和一三年）

四月七日、次男博恵（樺太恵須取）出生。

一九四一年（昭和一六年）

三男寛（樺太恵須取）出生。一九四三年九月一八日（三歳）営養失調で死亡。

一九四三年（昭和一八年）

四月一一日、四男威（樺太恵須取）出生。

一九四五年（昭和二〇年）

三月四日武雄（三七歳）陸軍国境守備隊入隊。八月一五日、日本は敗戦していたが陸軍（札幌第五方面軍）の「樺太を死守せよ」の命令で終戦していなかった。

ソ連軍の攻撃があるとのことで、一六日に家族五人（威は背負）は数珠繋ぎになって夜中を中心に集団で山道を逃げ歩く。恵須取から内陸山中を横切って敷香、内路、白取の途中で列車が止まり豊原に行けず、落合でソ連軍の飛行機による空爆、駅から国民学校の校庭へ逃げる途中、爆撃された母子の破損死体を見る。数十日の逃避行。敗戦後、大泊の船舶は中止のため日本へ帰れない。落合から久春内、珍内と海岸の道路を通って恵須取まで帰る。全日程は五〇〜六〇日。
五月二九日、森村みち子（森村宇作・キム、長女）群馬県佐波郡宮郷村で出生。

一九四六年（昭和二一年）

十一月十一日、父武雄（三八歳）ソ連軍捕慮後ナホトカに上陸。十二月八日、日本の舞鶴に帰陸。秋田へ帰郷。

一九四七年（昭和二二年）

七月七日、北海道函館に恵庭丸で引揚げ上陸。二ヶ月間港の船に碇泊し、上陸時には厳重な荷物検査がありお金、写真まで没収後はＤＤＴを頭から身体まで散布される。キツ（三七歳）テル（一七歳）寿雄（一六歳）マサ（一二歳）博恵（九歳）威（四歳）。札幌市同胞援護会丘珠収容所（丘珠引揚寮、陸軍兵舎へ入居）母は帰国したことを秋田には知らせず、姉テルの手紙で、父は家族全員が無事たったことを知り、丘珠兵舎で会い生活。丘珠収容所を十一月一七日退寮。一二月に札幌市から汽車で富良野を通り落合駅着。宿泊の翌日に馬橇に乗って宿泊地山田駅逓地へ第三入植者家族と着く。歓迎のご馳走は先発隊が準備した澱粉団子のお汁粉、塩味でショッパイ。

一九四八年（昭和二三年）

春、雪どけの季節。北海道勇拂郡占冠村字下苫鵡本流に開拓入植。二部屋台所の堀立小屋。

一九五一年（昭和二六年）

五月五日、五男晴彦が占冠村下苫鵡で出生。（本当は四月の下旬たったが占冠村中央の役場へ父の行くのが遠くて遅れたれめ）。

自筆年譜

一九四三年（昭和一八年）　〇歳
四月一一日、樺太恵須取町本通五丁目で出生。
一九四五年（昭和二〇年）　二歳
八月一五日、樺太は終戦になっていなく、家族六人が逃避行。二歳だったため母や長姉に背負ってもらい生きられた。
一九四七年（昭和二二年）　四歳
七月七日、樺太恵須取から北海道函館に引揚げ上陸。札幌市丘珠引揚寮（陸軍兵舎）に入居。父とは初めて会った記憶。しばらくは小父さんと言っていた。
一九四八年（昭和二三年）　五歳
春、雪どけの季節。北海道勇拂郡占冠村字下苫鵡本流に（父、母、寿雄、マサ、博恵、威）開拓入植。秋田の実家に帰らなかったのは、父の弟が結婚をしていて、祖父母とのその生活を壊したくないという母の強い意志による。

一九五〇年（昭和二五年） 七歳

下苫鵡小学校に入学、入学時は一教室に一年から六年生まで一緒で先生は一人なので上級生から教わっていた。毎日片道六キロの通学だった。

一九五三年（昭和二八年） 一〇歳

下トマムホロカ分校開校、ホロカトマムは途中の沢だったので通学はしなかったが、明治以前砂金沢で開拓されていた。

一九五四年（昭和二九年） 一一歳

四月、次男博恵、南富良野定時制高校入学。

一九五五年（昭和三十年） 一二歳

四月、下苫鵡中学校入学。

一九五六年（昭和三一年） 一三歳

四月、長男寿雄（二五歳）南富良野定時制高校入学。

一九五九年（昭和三四年） 一六歳

三月、下苫鵡中学校卒業。僻地五級の小学校時代は高校卒業の教師（代用教師）に教わっていたが、卒業までの一年半は大学を卒業した細谷晋二先生と教員住宅に同居させてもらい教わる。随分とお世話になった。四月、南富良野定時制高校入学、中学校仮校舎での入学式で入学祝辞がぼくがやり在校生祝辞を兄寿雄がやった。高校の春望寮で兄と一年間の同室生活。線路坂下の伊藤商店（米、醬油、雑貨）では朝七時から夕方五時まで御用聞き、配達、集金をした。休日は夏二日正月二日間。四月、次兄博恵、北海道教育大学釧路分校入学。皇太子の結婚パレードを白黒箱型テレビ初視聴、四月十日は母に威は私と同じ誕生日よと言われていたので全国の人が祝ってくれると勝手に思うことにしていた。

一九六〇年（昭和三五年） 一七歳

四月、長兄寿雄、札幌北海学園大学入学。六月一五、安保改定阻止闘争のなかで警官隊と衝突、東大生樺美智子死亡。安保闘争のなかでの痛ましい事故、親からの援助の生活、羨ましくもあり、妬ましくもあり複雑な心境。

一九六一年（昭和三六年） 一八歳

四月～十月、北海道治水事務所勤務。冬は失業保険。定時制高校十一代前期、十二代後期生徒会会長。

一九六二年（昭和三七年） 一九歳

四月～十月、南富良野農業協同組合勤務。冬は失業保険。定時制高校十三代前期生徒会会長。

一九六三年（昭和三八年） 二〇歳

二月、北海道新聞に大東文化大学、東洋大学の合格発表があった。二月、大学入学金四万円を寮管理人・小西三太郎先生に借入。三月、南富良野定時制高校卒業。上京、朝日新聞配達アルバイト、練馬北町（現・平和台）販売店、朝夕刊（土曜も）二百部前後、休刊日は夏、正月一日ずつ。四畳半アパートに二人同居、朝夕食もあった。四月、大東文化大学文学部日本文学科入学（板橋区志村・現高島平）豊島公会堂で入学式。朝日新聞社から月千円、占冠村から四千円の奨学金を受ける。五月、日本文学研究会へ入会、五島政秀を知り、研究会のすすめ方や、学外の学生運動への影響を受ける。七月、一六日から三日間、平民学連（安保反対、平和と民主主義を守る学生自治会連合）結成大会（委員長・川上徹）を東京台東体育館で開催。大東文化大学は自治会として参加できないので五島等と個人参加。八月ごろ、新日本文学会内・リアリズム研究会の読者会などに五島の勧めで参加するようになる。十一月大東文化大学の文化祭に日本文学研究会として作家・西野辰吉『秩父困民党』の作者を講師として招く。

一九六四年（昭和三九年） 二一歳

三月、平民学連・第一回全国学生文化会議。文学分科会では東大、早稲田、明治、立教などと共に五島等と参加して論議。全国から千八百名余の学生が参加。九月、日本文学研究会発行『城北文学』第5号（ガリ版刷り雑誌）に「おんな」（習作を三枝薫名）を発表。一〇月一〇日、東京オリンピック開催。八〇〇メートル走、射撃を観る。一一月、大東文化大学の文化祭に日本文学研究会として尾崎秀樹『大衆文学』評論家を講師。一二月、全学連再建大会が中労委会館にて開催。七一大学百二九自治会から代議員、二百七十六名評議員百一二名が参加。大東文化大学は評議員として参加した。

一九六五年（昭和四十年）　二二歳

三月、朝日新聞販売店退職、板橋区徳丸のアパートへ移住。四月、小豆沢病院夜警勤務（一日おき、夜八時～朝八時、夕朝食付）。六月九日、父武雄（五七歳）膵臓癌で札幌市・聖路加病院で死去。一ヵ月ちかく前の五月、辛夷の白い花が咲いている季節に定山渓温泉の病院へ見舞い、細身で顔の頬がこけた口元から嗄《しゃが》れ小声で、三頭飼つている牛は兄達二人と一頭はお前の学費の分に……と言うと血痰を吐く。それが父との最後の会話。母と晴彦は父の入院、葬儀の間、札幌市内の小笠原勝、マサ（次女）の住居で世話になっている。その後、母は下苫鵡へ晴彦は南富良野町幾寅中学校で教師をしている次兄博恵と一年ちかく同居。八月二六日、日本民主主義文学同盟創立大会、東京・全電通会館。同人誌『北の文冢』創刊号（一月）「山追の人」（習作・三枝薫名）、五島政秀、林武志、鈴木九郎、工藤威で同人結成。『北の文冢』二号（四月）「ははへ……」（習作・三枝薫名）、『北の文冢』三号（十月）「死の渦」（習作・三枝薫名）を発表。

一九六六年（昭和四一年） 二三歳

四月、『北の文冢』五号「空の礎」（習作・三枝薫名）発表。五月ごろ母、晴彦（中学二年生）は花屋旅館を経営している星一男、テル（長女）のところ（福島県原町市旭町）へ移住。占冠村下苫鵡の家屋、畑、家畜（兄弟姉妹五人は遺産放棄）等を占冠村役場、農協に相談し処理。母の話・処分した結果、借金は無くなり手元に五～六千円残った。八月、中国・文化大革命勝利祝賀。

一九六七年（昭和四二年） 二四歳

春、日本民主主義文学同盟板橋支部結成、北村耕、飯野博、飯野芳子、五島政秀、稲沢潤子、工藤威他。二月末日以降、中国文化大革命支持者たちが飯田橋・善隣会館内、日中友好協会本部を襲撃、三度ほど防衛の為に宿泊活動。四月、東京都知事・革新統一候補美濃部亮吉当選。

一九六八年（昭和四三年）　二五歳

開道百年記念事業「駅逓跡地」に記念碑建立、下苫鵡三線分れ道山田商店横に記念植樹する。二月、小豆沢病院夜警、夜八時～朝八時、退職。三月、大東文化大学文学部日本文学科卒業。卒論は志賀直哉「和解」について。一年間留年。中学校教論一級、高等学校教論二級、取得。三月、法令書式センター入社（有限会社、株式会社等の登記書類作成）、新宿区若松町。日本民主主義文学同盟（次回から文学同盟）板橋支部『城北文芸』創刊号、五月。『城北文芸』第二号、十二月、稲沢潤子「二足目の靴」今月の新人として『民主文学』に掲載。十二月、（有）法令書式センター退社。

一九六九年（昭和四四年）　二六歳

三月、二一～二三日、日本民主主義文学同盟第三回大会、東京・都市センターホール、牛込公会堂。一月からアルバイト、三回大会で文学同盟事務局勤務。

一九七一年（昭和四六年）　二八歳

五月、日本民主主義文学同盟第四回大会。八月八日、威・森村みち子（二六歳）森村宇作・キンの長女と結婚（板橋区前野町）。式場＝市ヶ谷、私学会館。住所は板橋区徳丸から都下三鷹市下連雀へ移住。

一九七二年（昭和四七年）　二九歳

二月、都下三鷹市から板橋区高島平二―二六―四に住居移動。みち子が国立劇場に勤めながら公団住宅に募集がある度に申し込んでいて、都下の公団に当選、一週間後に高島平団地に当選通知（倍率は四〇～六〇倍）、二月末日、高島平二―二六―四号棟に入居。みち子は妊娠をしてい、保育園不足を知り主婦が中心の無認可「あゆみ保育園」発足時からその運動にかかわる。ぼくは大東文化大学の三学年後輩の古館和憲（後年区議会議員・都議会議員）も入居していて、彼の要請で自治会結成の〝呼びかけ人〟十人の一人になる。五月、自治会結成準備会に三百人集まる。六月、保育園に入れない父母の会結成。八月、第一回団地まつり、十一月、自治会結成総会三百人余。ぼくも中央役員、文化部所属となる。九月、文学同盟板橋支部『城北文芸』第五号、向井冬朗（田村光雄）「母の箪笥」発表。支部誌同人誌推薦作品として『民主文学』十二月号に掲載される。一〇月一〇日、長男佳朋出生（高島平二―二六―四）

一九七三年（昭和四八年）　三〇歳

一月、仕事始めの日、年の暮れに団地個人部屋の借入れが中止となり「あゆみ保育園」の父母と自治会は区役所の児童課長と交渉、高島平出張所裏のプレハブ公会堂を一週間ずつの契約で借入。高島平団地自治会文化部文芸サークル発足、月一回の例会と『高島平文芸』の発行を決める。二月一日、共同保育「ともしび」発足（高島平2－28－6号棟集会室を借入）。四月号『民主文学』土井大助著『詩と人生について』書評。五月、日本民主主義文学同盟第五回大会。五月『高島平文芸』創刊号「子猫と子供」発表。六月『城北文芸』六号「妻」発表。十月『高島平文芸』二号「児」発表。

一九七四年（昭和四九年）　三一歳

一月二日『民青新聞』、「ヤング名作の旅・ツルゲーネフ『はつ恋』」書評。二月、『高島平文芸』三号「部屋」発表。三月『城北文芸』七号、「誕生」発表。支部誌・同人誌推薦作品として『民主文学』一二月号に掲載される。七月、『高島平文芸』四号「揺曳」発表。十月、『城北文芸』八号、「稚児の歌」発表。一一月、『高島平文芸』五号「牛乳」発表。

一九七五年（昭和五〇年）　三二歳

四月、『高島平文芸』六号「密室」発表。『城北文芸』八号で上釜武「素顔の明日」発表。支部誌・同人誌推薦作品として『民主文学』一二月号に掲載される。五月『城北文芸』九号「幽戸の里」発表。五月、日本民主主義文学同盟第六回大会開催。七月十三日『赤旗』北杜夫著『幽霊 或る幼年と青春の物語、「木精 或る青年期と追想の物語」』書評。一〇月、『高島平文芸』七号「花火」発表。

一九七六年（昭和五一年） 三三歳

三月『高島平文芸』八号「まつり」発表。『城北文芸』一〇号「遊場」発表。九月、『城北文芸』一一号「襁褓と翼」発表。一〇月『高島平文芸』九号「日の綴り」発表。

一九七七年（昭和五二年） 三四歳

四月、下苫鵡小・中学校が六二年の歴史に終止符をうち廃校。五月、日本民主主義文学同盟第七回大会開催。『高島平文芸』一〇号「春雷」発表。六月、『城北文芸』一二号「遠い川」発表。一二月、『高島平文芸』一一号「指」発表。十二月十二日『赤旗』三浦哲郎著『素顔』書評。

一九七八年（昭和五三年） 三五歳

一月一日二丁目自治会報掌編小説「西瓜」発表。『民主文学』五月号「春雷」掲載。四月私立こじか保育園開園理事。みち子こじか保育園保母（保育士）入職。九月みち子聖徳短期大学（通信教育）卒業。保育園保母（保育士）一級、幼稚園教諭二級・取得。五月十日二丁目自治会報掌編小説「遠い記憶」発表。

一九七九年（昭和五四年）　三六歳
二月、高島平団地二丁目から三丁目へ引越し。四月、佳朋、高島平第五小学校入学。五月、日本民主主義文学同盟第八回大会開催。
一九八〇年（昭和五五年）　三七歳
四月一四日千種（長女）出生。（板橋区高島平三―十一―一）。十二月十五日『赤旗』三浦哲郎著『冬の雁』書評。
一九八一年（昭和五六年）　三八歳
五月、日本民主主義文学同盟第九回大会開催。一〇月『高島平文芸』一五号「乾いた朝」発表。
一九八二年（昭和五七年）　三九歳
一二月、『高島平文芸』一六号「遊び場」発表。
一九八三年（昭和五八年）　四〇歳
二月、**共著『団地の子育て運動』**「保育所不足と家庭騒動」所収　明治図書出版。三月号『民主文学』「遊び場」掲載。五月、日本民主主義同盟第一〇回大会開催。五月号「月刊福祉」「高層密集団地の保育10年」エッセイ。一一月一〇日、**第一創作集『浮かぶ部屋』発行**。青磁社刊。神田・労音会館で『浮かぶ部屋』出版を祝う会、司会は森与志男（現事務局長）、山根献（前事務局長）。一二月、『高島平文芸』一七号書評・山根献「共生への渇望」―工藤威『浮かぶ部屋』の世界―

一九八四年（昭和五九年） 四一歳

二月号『民主文学』「稚児の歌」発表。五月号『民主文学』「乾いた朝」発表。五月三〇日、**共著『城北文芸　民主主義文学小説集』**「部屋」所収　青磁社刊。一〇月号、『民主文学』「落葉小景」発表。

一九八五年（昭和六〇年） 四二歳

一月、『高島平文芸』一八号、「鸚哥」発表。三月号『民主文学』「うららかな秋」発表。五月、日本民主主義文学同盟第一一回大会開催。七月一日、**第二創作集『乾いた朝』**発行、青磁社刊。七月二十日、全国心臓病の子供を守る会『心臓をまもる』二五六号「胆道閉鎖と心臓病と二度の手術をのり越えて」エッセイ。七月二九日『赤旗』佐江衆一著『老熟家族』書評。九月号『民主文学』篠原国文『群灯奔流』書評。

一九八六年（昭和六一年） 四三歳

一月号『民主文学』「伏古川」発表。四月、『高島平文芸』一九号「帽子」発表。

七月七日『赤旗』南木佳士著『エチオピアからの手紙』書評。八月号『民主文学』「髪」発表。八月十日『全老連』六九号「涼を聴く」エッセイ発表。

一九八七年（昭和六二年） 四四歳

一月号『民主文学』「引越しの朝」発表。四月号『民主文学』エッセイ「ぼくにつながる家族と地域」発表。四月二五日『学生新聞』宮寺清一著『和歌子・夏』書評。五月、日本民主主義文学同盟第一二回大会開催。五月号『民主文学』「しあわせな時間」発表。七月『高島平文芸』二〇号「鳥居のある光景」発表。九月号『民主文学』「おそい雪」発表。九月一五日 **第三創作集『かげろうの部屋』発行** 青磁社刊。九月二四日『赤旗』三浦哲郎著『モーツアルト荘』書評。

一九八八年（昭和六三年） 四五歳

二月号、『民主文学』前進座公演「さぶ」劇評。三月十九日『学生新聞』千田夏光著『默示の海』書評。六月四日『赤旗』『三浦哲郎「忍ぶ川」のこと』エッセイ。八月号、『民主文学』「眼鏡」発表。十二月十九日『赤旗』佐江衆一著『ブレンド家族』書評。

一九八九年（昭和六四年、平成元年） 四六歳

一月号、『民主文学』「清水の流れる公園」発表。三月二十日『赤旗』「友が逝っ

て—上釜武氏のこと—」エッセイ。五月号、『民主文学』「第四二回日本アンデパンダン展」評発表。五月、日本民主主義文学同盟第一三回大会開催。六月十八日『赤旗』・婦人とくらし「ダメおやじの日記」父の日に、エッセイ。六月十九日『赤旗』南原清六著『薮の中の家』書評。八月号『生活教育』「あたりまえの生活をふつうに」エッセイ。八月、『高島平文芸』二一号、後記「高島平文芸サークル」を休会するにあたっての感想。九月号『民主文学』「灯影」発表。

一九九〇年（平成二年） 四七歳

一月八日『赤旗』三浦哲郎著『愁月記』書評、三月一二日『赤旗』日刊紙「田宮虎彦『花』に」エッセイ発表。四月号『民主文学』「円居」発表。四月一〇日、**共著『新文学入門』「わたしの転機と三浦哲郎の作品」**所収　新日本出版社刊。

五月一日、**第四創作集『笙子』発行**　青磁社刊。**連載「凩の杜」『民主文学』五月号～一九九一年五月号**迄発表。七月、**共著『小説の花束』「引越しの朝」所収**　新日本出版社刊。九月、『城北文芸』二四号エッセイ「ガマ（上釜武）ちゃんとの二五年」発表。十二月三日『赤旗』茂木文子著『貝殻草』書評。

一九九一年（平成三年） 四八歳

五月、日本民主主義文学同盟第一四回大会開催。七月号『民主文学』「やさしい体験」発表。

一九九二年（平成四年）　四九歳

一月号『民主文学』「犬」発表。五月号『民主文学』「鴉」発表。十一月号『民主文学』「蚯蚓」発表。

一九九三年（平成五年）　五〇歳

一月号『文化評論』「燕」発表。二月一日『赤旗』三浦哲郎『曠野の妻』書評。二月、日本民主主義文学同盟　事務局退職。五月、日本民主主義文学同盟第一五回大会開催、全国交運共済東高円寺会館。三月一五日、**第五創作集『やさしい体験』発行**　青磁社刊。九月、板橋区立新河岸小学校（用務・短期非正規職員）。

一九九四年（平成六年）　五一歳

一月号『民主文学』土居良一著『沈黙の群れ』書評。二月号『民主文学』「一夜の冬」発表。三月『城北文芸』二七号、エッセイ「一九九三年、寸感」発表。三月、区立新河小学校、用務退職。六月号『民主文学』「雪の朝」発表。一一月、(株）トービサービスセンター入社（清掃主任）、板橋・凸版印刷株式会社内のビル総合管理、面接には二十数名いたので不採用と決めていたが小林健一部長に拾われ入社する。

一九九五年（平成七年）　五二歳

五月、日本民主主義文学同盟第一六回大会開催、幹事。一一月二八日、母キツ八五歳で死亡（福島県原町市旭町）。墓は秋田県鹿角市十和田の工藤本家に父と共に眠。

一九九六年（平成八年）　五三歳

四月、**『夢追う島』**『赤旗』日刊紙に四月一二日より九月三〇日迄連載。当時は凸版印刷内の清掃主任をしていたので、毎日朝礼に出席、課長の机上に『赤旗』を見るたび、本名で掲載していたのでクレームがついたら退職を考えていた。清掃会社には日勤、パートが二十数名働いていたのでその身分を守る為。**共著、臨時増刊五月号『民主文学　短編小説秀作選』**「落葉小景」所収、新日本出版社刊。一二月号『民主文学』サークル誌評、「震災体験などから創作」発表。

一九九七年（平成九年）　五四歳

二月号『民主文学』サークル誌評「『老い』をえがくことなど」発表。四月号『民主文学』サークル誌評「漁民を描く作品など」発表。五、日本民主主義文学同盟一七回大会開催、幹事。六月号『民主文学』サークル誌評「若者の成長と教師、親たちの像」発表。九月号『民主文学』特集＝老いるとはどういうことか

「紫陽花下の老女犬」発表。一〇月（株）トービサービスセンター、凸版印刷工場から渋谷区・本社（株）トービに転属・係長。

一九九八年（平成一〇年）　五五歳

二月二二日長男佳朋・小島由起子結婚（小島甲次郎、富久子の長女、東京都板橋区成増）、今までの本籍地・秋田県鹿角市十和田から息子、佳朋の結婚を機会に東京都板橋区高島平三―二―一に移す。七月二八日『赤旗』「蚊連草《カレンソウ》」エッセイ。八月号『民主文学』「葉液」発表。

一九九九年（平成一一年）　五六歳

四月三〇日、孫娘長女　友菜　出生。五月、日本民主主義文学同盟一八回大会開催、幹事。九月一三日、義母森村きん（八三歳）逝去（神奈川県川崎市）。

二〇〇〇年（平成一二年）　五七歳

一月一七日『赤旗』〈友よ次は「メーデー事件」と「農」を書け〉エッセイ。十一月二〇日『赤旗』三浦哲郎著『わくらば』書評。

二〇〇一年（平成一三年）　五八歳

二月七日、孫娘次女　未織　出生

五月、日本民主主義文学同盟一九回大会開催、幹事。一〇月二三日、義父森村宇作（九一歳）逝去（神奈川県川崎市）。一二月号『民主文学』支部誌・同人誌推薦作選評。

二〇〇二年（平成一四年） 五九歳

二〇〇三年（平成一五年） 六〇歳

四月号『民主文学』鶴岡征雄著『夏の客』書評発表。五月、日本民主主義文学会（同盟から会へ変更）第二〇回大会開催、常任幹事。一一月二二日孫娘三女 明芽 出生。一二月二五日、**第六創作集『二輪草』発行** 群青社刊（『民主文学』一九九〇年五月号～一九九一年五月号迄連載「凩の杜」改題）。

二〇〇四年（平成一六年） 六一歳

十一月二八日『赤旗』敷村寛治著『北の街』書評。一二月号『民主文学』支部誌同人誌推薦作選評発表。

二〇〇五年（平成一七年） 六二歳

五月、日本民主主義文学会第二一回大会開催、常任幹事。八月一五日、**第七創作集『遥かサハリン島』** 群青社刊、（『赤旗』一九九六年四月一二日から九月三〇日迄連載「夢追う島」改題）。一二月一五日、**共著『城北文芸短篇撰第二集』**「一夜の冬」所収 群青社刊。

二〇〇六年（平成一八年） 六三歳

一二月三一日、（株）トービ（部長代理　退社）

二〇〇七年（平成一九年） 六四歳

五月、日本民主主義文学会第二二回大会開催、常任幹事。一二月号『民主文学』支部誌・同人誌推薦作選評。

二〇〇八年（平成二〇年） 六五歳

二月号『民主文学』松田解子著『髪と鉱石』書評。十一月二日『赤旗』なかむらみのる著『草の根の九条萃点の人々』書評。

二〇〇九年（平成二一年） 六六歳

五月、日本民主主義文学会第二三回大会開催、常任幹事。宮寺清一事務局長　大会会場で病気入院。六月一〇日、帝京大学附属病院外科受診、内視鏡検査で食堂癌の疑い即入院、六月〜七月二ヵ月抗生剤点滴、抗生剤が体質に合っていたらしく癌が三分一に縮小。八月一〇日食堂癌全摘手術、全身麻酔、午前九時〜午後十時終了。術後三〜四日で肺炎にかかり一ヵ月近く意識不明。一〇月八日退院。体重六八キロが四八キロになる。

二〇一〇年（平成二二年） 六七歳

七月二五日『赤旗』三浦哲郎著『おふくろの夜回り』書評。八月三〇日三浦哲郎逝去。

二〇一一年（平成二三年） 六八歳

五月、日本民主主義文学会第二四回大会開催、常任幹事。

二〇一二年（平成二四年） 六九歳

一月号、『民主文学』「老蝉」発表。三月、『城北文芸』四五号、エッセイ「短編に心血を注いだ作家」―三浦哲郎を偲ぶ―発表。五月三〇日『まい』一三二号掌編小説「疵痕」発表、文化団体連絡会議機関誌（以後文団連）。四月号『民主文学』「今日の日は―」発表。九月、みち子私立こじか保育園退職。

二〇一三年（平成二五年） 七〇歳

二月『城北文芸』四六号 エッセイ「五四年目の再読」―原田康子『挽歌』の思い出―発表。三月号『民主文学』「閉室」発表。五月、日本民主主義文学会第二五回大会開催 常任幹事。七月一二日、**共著『北海道文学辞典』（小説家と紹介・記事中野照司）志村有弘編者**、勉誠出版（株）

二〇一四年（平成二六年） 七一歳

三月三日、千種、小濱俊仁結婚。小濱忠俊（二〇一一年二月逝去五九歳）孝子、

次男（東京都板橋区下赤塚）。一〇月、文学会板橋支部通信「淡青」第三七八号、エッセイ「働いて初めて買った本―『放浪記』林芙美子集―」発表。一二月一日、**共著『北海道川柳連盟五十年史』（一句、工藤たけし名）**発刊委員会。

二〇一五年（平成二七年）　七二歳

四月『城北文芸』四八号　エッセイ「二冊の辞（字）典追想」―「新漢和字典」「新選国語辞典」―発表。五月、日本民主主義文学会第二六回大会開催　常任幹事。一一月二七日『まい』一四九号掌編小説「着物」発表、文団連機関誌。

二〇一六年（平成二八年）　七三歳

五月三日、**共著『平和万葉集』巻四（二首発表）刊行委員会**。夏『城北文芸』四九号　エッセイ「ぼくが関った雑誌発行（1）」―『城北文學』「北の文冢」の二誌―発表。

二〇一七年（平成二九年）　七四歳

一月号『民主文学』前進座創立八五周年記念公演「たいこどんどん」観劇評。春『城北文芸』五〇号　エッセイ「ぼくが関った雑誌発行（2）」―『城北文芸』―発表。五月、日本民主主義文学会第二七回大会開催　常任幹事。一一月二八日『まい』一五三号掌編小説「馬鈴薯皮の飴」発表、文団連機関誌。

二〇一八年（平成三〇年） 七五歳
春、『城北文芸』五一号 エッセイ「ぼくが関った雑誌（3）」―「高島平文芸」―発表。
二〇一九年（平成三一年、令和元年） 七六歳
五月、日本民主主義文学会第二八回大会開催 常任幹事。夏『城北文芸』五二号「木漏れ日」発表。
二〇二〇年（令和二年） 七七歳
五月二四日 長姉テル九〇歳で死去（福島県南相馬市原町区、小野田病院）。夏『城北文芸』五三号「黄昏蟬」発表。一〇月三〇日『まい』一六五号掌編小説「いちにち」発表 文団連機関誌。一二月号『民主文学』支部誌・同人誌推薦作選評。
二〇二一年（令和三年） 七八歳
四月、**第八作品集『木漏れ日』――ちっちゃこい言の葉人生――刊行 視点社**

あとがき

樺太で生まれ、敗戦二年後母子六人で引き揚げてきて、札幌・陸軍丘珠兵舎収容所に入寮。その地で一年前にソ連軍の捕虜から釈放され、秋田へ帰郷していた父と会った。百姓仕事をしてきた父母は家族七人が日々の糧を得るには百姓しかないと選んだ地が、開拓農地・北海道勇払郡占冠村下苫鵡の山峡だった。そこで育ったぼくは、僻地五級と言われていた片道六キロの道程を小学校、中学校を通学していた。学校に当時は図書室はないしもちろん家には新聞、雑誌はおろかラジオなどもなかったので小説を読んだのは、中学になってからであった。そんなぼくが文字や文章にかかわる生き方を半世紀以上も続けているいまの生活に首を傾げる思いを、ふっとしている。七十八の峠を越したいま、そのときどきの生き方の転機になった言葉があり影響を受けた人も多勢いる。その一端を記す。

中学三年のとき、南富良野定時制高校を卒業して働きながら大学受験生をしていた次兄と二五歳で同じ高校の三年生になっていた長兄の後を追う気で、父母に「ぼくも高校に行きたい」と言うと、母は、「父さんも母さんも兄さん達と同じように、お前にも何もしてやれない。お前が行きたいんだったら好きなようにトマムから出たらいい、それだけはできる。応援をするよ。ただ、父さんや母さんの顔を見に帰れない生き方はするなよ」と父はぼくの目を見詰めて笑みを浮かべて頷いていた。そのときからぼくは自分の生活は自分で稼いで生きていく自覚を意識していた。当時、苫鵡の環境では給料取りは教師か営林署職員しかいなかった。ぼくは小学校の頃代用教員に教わっていたので僻地の教師になるのが希みだった。

南富良野「定時制」高校を卒業し上京、新聞の朝夕刊配達をしながら、大学に入学した。文学部だったので日本文学研究会に入会し、一学年先輩の部長・五島政秀を知った。彼は福岡市の定時制高校出身の剛直な性格だった。六〇安保闘争の二年後だったのだか、その残滓の先輩達が、この大学は右翼の大学だから、と言われても「左翼」も「右翼」も知らないぼくは目を白黒させるばかりであったが五島からは文学研究会の例会や会誌『城北文學』の編集発行を手伝うようになって少しずつ影響を受けるようになっていた。それと同時に学生運動では、『平民学連』の創立大会や文化集会などにも一緒に参加し、他大学の学生とも交流し、『祖国と学問のために』の新聞を読むなかで、唯物論、観念論などや社会主義と資本主義の違いも朧に理解するようになっていった。三年生の春、五月、父が膵臓癌〝他の臓器にも転移〟しており、病死した。そんな父の生涯を考え、もっと早期に病を発見できる環境社会でありたいと思い、平等で格差の無い社会を目指すぼくの生き方の方向が定まった。

高層密集の高島平団地に引っ越してきたのは、妻と結婚して八ヵ月すぎだ。当時妻は国立劇場に勤めていたが、団地の募集がある度に昼休みなど昼食抜きで申し込みに行って当選したのだった。高島平はぼくが大東文化大学に在学していた時は志村という地名で雑草地が広がるどぶ川の前谷津川に沿って荒川までの廃耕田が続いていた。東洋一の団地が建つらしいとは聞いていたがまさかそこに住むとは思ってもいなかった。入居後すぐに同じく住民になっていた大学三学年下の古舘和憲から電話があって自治会を結成したいから〝呼びかけ人〟になってほしいとの要請で参加した。数ヵ月で三万人ちかい人口の高層密集団地が屹立したのであるから住民は初めて会う人ばかりで、自民党、社会党、民社党、公明党、共産党と政党分けできる人員構成の中で自治会準備会は出発し、自治会の構成人員は？　地域分けは？　自治会規約は？　と連日のように、土日は夜中まで話し合いが続いた。その議論の中心にいたのが、初代会長の川崎ひろしで議題の意見が分かれると一定議論後の多数決で決めていくのではなく、どんな小さな議題でも全員一致するまで何回でも何時間でも話し合いを続けていた。ぼくはそこから民主主義の基本・原点・理念を学んだのだった。結成後の文化部では、地域新聞『団地新聞高島平』を発行していた村中義雄が部長、ぼくは部員として、すべての住民が「初めまして」で始まる急造高層都市の文化を文化活動をどう創造しすすめるかを、会長や他の部の人たちともずいぶん話し合ったのだった。

そんな生活ののなかで、息子を出産し仕事を続けながら、妻は保育園に入れない父母の会、無認可の保育園づくりへと母親たちは幼児を抱き、背負いながら保育運動を涙を流しながら続けていた。妻には随分と負担をかけてしまったとつくづく思っている。

その地域活動のなかで、ぼくの朧気《おぼろげ》ながら小説を書く意志が芽生えてきていた。それは小単位の家族が地域でそれも新しく屹立した地域で生きていくためには一人ではなく何人か何十人かが協力し合って成り立つていくということだ。ちょうど高度経済成長と衰退していく時代背景があり、小さな家族の親子を描いてもその奥底には現代社会がうねりとなって流れている。そこを読者に理解してもらえるように描くことがどんなに小さな日常生活を描いていても小説世界なのだと思うようになっていた。

　ともかくこの半世紀ちかく、生活の糧にもならない小説を書き続け、今回で八冊目の本を出版することに対しても、何の不服も言わずに手助けしてくれているその妻との生活が小説の内容をも充実させてくれていたのだ。世に問う活字にさせてもらったことにはやはり感謝の言葉しかない。遅くなったが五十年も一緒に歩いてくれてありがとう。

　この本を出版するにあたっては、『城北文芸』の仲間、田村光雄、有馬八朗には、パソコンでの入力で、協力してもらいました。お礼申します。

　視点社の葵生川玲には、二年間も放ったらかしにしていた原稿をまとめて下さったことに感謝いたします。

　二〇二一年四月　十年の歳目が過ぎた三・一一東日本大震災・福島原発事故、一年間以上も続く新型コロナウィルス拡大の中で

初出紙誌一覧

掌編小説

いちにち　2020年10月30日文化団体連絡会議機関誌『まい』165号

黄昏蟬　『城北文芸』2020年夏第53号

木漏れ日　『城北文芸』2019年夏第52号

疵痕　2012年5月30日　文化団体連絡会議機関誌『まい』132号

着物　2015年11月27日　文化団体連絡会議機関誌『まい』149号

馬鈴薯皮の餡　2017年11月28日　文化団体連絡会議機関誌『まい』153号

エッセイ

田宮虎彦『花』に　『赤旗』1990年3月12日

短編に心血を注いだ作家　―三浦哲郎氏を偲ぶ―　『城北文芸』2012年3月第45号

五十四年目の再読　―原田康子『挽歌』の想い出―　『城北文芸』2013年2月第46号

働いて初めて買った本　―「放浪記」林芙美子集―　2014年10月14日　文学会板橋支部通信「淡青」第378号

[著者紹介]

工藤　威（くどう　たけし）

1943年樺太生まれ。大東文化大学文学部卒業。日本民主主義文学会会員。著書に『浮かぶ部屋』『乾いた朝』『かげろうの部屋』『笙子』『やさしい体験』（以上、青磁社）、『二輪草』『遙かサハリン島』（群青社）、共著『団地の子育て運動』（明治図書）、共著『新文学入門』『小説の花束』Ⅲ（新日本出版社）がある。
《現住所》〒175-0082　板橋区高島平3－11－1－1420

□工藤 威作品集　木漏れ日
□二〇二一年四月一五日初版第一刷発行
□定　価　一二〇〇円
□発行所　視点社
115-0055 東京都北区赤羽西二―二九―七
電話・FAX 〇三―三九〇六―四五三六
□発行人　横山智教
□編集人　葵生川玲
□印刷・製本　モリモト印刷株式会社
□978-4-908312-09-0 C002 ¥1200E